LUIS SEXTO

I0538633

YO ME PEINO
DE MEMORIA

EDITORIAL LETRA VIVA
CORAL GABLES, LA FLORIDA

YO ME PEINO DE MEMORIA
CRÓNICAS DEL RECUERDO

*Me atrevo a insinuar que todo libro
es una confesión, o no es absolutamente nada.*
Enrique José Varona

*Para Víctor Manuel, en la eternidad de mi amor
paterno, parte de esas historias que
quiso oír y no tuve tiempo de contarle*

*A mis hermanos Carlos, Jorge y María,
siempre cercanos*

ÍNDICE

LES RECUERDO QUE

En Cuba el pronombre más usado es el *nosotros* y su variante *nos*. La Revolución introdujo el sentir colectivo, las ideas plurales con sus vínculos solidarios. Y ha sido bueno. Pero a veces la exageración –rasgo típico del carácter nacional- ha convertido la racional conquista en una costumbre insensata. Entre los periodistas ha pecado de vanidoso, o de autosuficiente, o de inexperto, el profesional que, negándose a decir *nos*, como los reyes y los papas, ha preferido decir: *yo*. Yo creo, yo pienso, a mí me parece.

Me considero, por tanto, un reivindicador del *yo* y sus circunstancias. Así, pues, les presento las peripecias de un individuo común que fue niño, adolescente, joven y es, además, periodista.

El autor

LUIS SEXTO

UN BESO EN LA MANO

Uno es propietario de cuanto escribe hasta cuando lo escrito aparece en público. Y tanto creo en esa obvia verdad, que la vergüenza es el sentimiento que, aún después de 40 años de haber publicado por primera vez, me torpedea la satisfacción de leer mi nombre y mi alma en letras de imprenta.

Publicar es como desnudarse. ¿Quién sigue siendo un secreto, un misterio, para sus semejantes cuando lo aprecian por debajo de las ropas? Lo sabía Máximo Gómez, cuya victoria primordial –y la menos exaltada- fue disciplinar un ejército voluntario, sin armas ni alimentos. No se dejaba ver desnudo por ninguno de sus subalternos. Y quien tropezara con el baño de El Viejo, en cualquier arroyo de la guerra de independencia, pagaba la casualidad con unas horas de cepo. Gómez obraba guiándose por su maestría en relaciones humanas. Nadie, al ver desnudo al Generalísimo del Ejército Libertador, podría respetarlo jamás. Y qué podríamos alegar ahora, época de baños públicos sin privacidad, sitios de desnudez compartida, donde perece el pudor que nos protege de la animalidad, y cuyo deceso trepa, entre otras explicaciones, por las raíces del sexo torpe, del jineterismo acomodaticio.

11

Tras el desnudamiento de sus textos, pues, el autor se minimiza, o se borra, y el lector pasa a rescribir lo leído en una operación de autoría múltiple de lo que, siendo de uno en el principio, pasa ser de muchos en vivencias independientes y únicas. Lo ejemplifico. Una vez alguien me comentó que había leído un trabajo así y así, con este costado y aquel frontal. Y le advertí que era mío. Él, sorprendido, confesó que no había leído el crédito. Yo no era yo. Solo mi crónica o mi reportaje.

Y esa pérdida de la propiedad esencial de la obra, posee un baúl de la fortuna. Porque suele suceder a la inversa. Te dicen: te leí, y cuando preguntas qué leyeron, nadie lo recuerda. Lo que vieron, en suma, fue el nombre, banal referencia que continúa indicando que aquello no leído por ellos continúa siendo tuyo. Qué lástima.

Uno, por mucho que le mortifique admitir la disolución del autor, escribe para poseer a los demás en una dialéctica posesión. Escribo –piensa cualquiera- para influir, conmover al otro, y el otro me lee para apropiarse de lo mío, adecuarlo, atemperarlo a su vida. Y por ello, cuando un lector subraya una frase con un creyón rojo la hace suya; la rescribe. Y es probable que afloren ideas, matices, conclusiones que el autor no previó. Hablo de esto más como lector que como concurrente estable a las plazas del periodismo. Leo más que escribo. Pero mis libros ajenos padecen de diálogo. Y los marco, los anoto...

Agradezco, a fin de cuentas, que muchos autores me hayan pasado la propiedad de sus textos.

Le debo, por ejemplo, a Romain Rolland, que corrigió mi vida con su Juan Cristóbal. Y a Thomas Merton, cuyo apego al silencio tantas verdades me trasplantó. Y a León Bloy, apasionado negador del miedo, violento rival de la violencia. Y a Martí, antídoto de la mediocridad.

A veces me he preguntado si el nunca nombrado e innumerable lector de mis páginas ha podido agradecerme alguna rosa. Parecerá ridículo, pero es un derecho saberlo y desearlo. Y les cuento que una vez lo supe, aunque sigo preguntándome quién ha sido. Porque no la vi aunque la tuve delante. Me hallaba en el cine de San Cristóbal, entonces en la provincia de Pinar del Río, en un acto de cultura auspiciado por el maestro Reinaldo Acosta Medina, nunca muerto en el corazón de sus coterráneos ni en el mío. Había penumbra. Sentado en la butaca del extremo derecho del lunetario, de pronto se me acercó una mujer; se acuclilló, me tomó la mano, la besó como se besan las de un abuelo o las de un sacerdote, y me dijo: Gracias por todo cuanto ha hecho por mí. Y desapareció tan vertiginosamente como había irrumpido en la soledad del periodista que descubría que su obra, sus pensamientos ya eran de otra persona, aunque la vergüenza me impidiera sonreír.

LUIS SEXTO

EL DÍA EN QUE ME MATARON

No recuerdo haber muerto; sin embargo, me mataron. Fue un día imprecisable en el que me inscribieron como difunto, por broma o confusión, en la memoria de los vivos. Murió en un accidente, difundieron en ciertos lugares por donde nunca más yo había pasado.

Y no me quejo. Cumplí involuntariamente un deseo de adolescente. Influido por un poema de Rubén Martínez Villena, había pedido en versos asistir, protocolar y silencioso, a mi velorio. Era una estrofa de cuatro o cinco líneas. La escribí durante una clase de matemáticas, y no pude proseguirla porque se mezcló con alguna metáfora algebraica que el profesor, golpeando tres veces el pizarrón, me exigió copiar. También la he olvidado.

Con el privilegio poético de estar muerto y vivo a la vez, quería confirmar si Balzac acertó al decir que en los cementerios todas las esposas son amantes, los amigos fieles y los ricos generosos. Por entonces sabía muy poco de la muerte.

Ahora me he dado cuenta de que el sentimiento de la muerte posee gradaciones. A los 18 años es una circunstancia emotiva; seduce el imaginar el propio rostro tieso, plácida y candorosamente juvenil, y oír el lamento de la gente porque uno haya fenecido siendo tan joven, tan inteligente, incluso tan hermoso. Es la edad de la audacia y el desprendimiento incontaminados de cálculos. Transitando por ella acometí mi único gesto heroico: arrojarme a las riendas de un caballo desenfrenado. Arrastraba un carretón, y el viejo que lo conducía y acopiaba desperdicios para cebar puercos, no podía detenerlo. Los ojos de Mirta, una amiga que entonces hacía que mi cerebro se empapara de ternura, condecoraron aquel acto casi fílmico. Y no hubiese dudado en morir pateado para sentirla llorar por este muchacho loco.

Ah, la muerte, tan lejana e imposible.

Tras los 40 la posibilidad es más próxima, y menos romántica. Y nos parece inverosímil tener que encararla sin haber podido realizar los ideales de todo hombre, propósitos que quizás uno nunca consigue para disponer de un pretexto con el cual distraer a la muerte. Pero algo raro me falta por añadir. Desde mi infancia hasta la adolescencia, la muerte entumeció mis tardes. Quizás aquella preocupación empezó como con un símbolo, una atmósfera, una señal. La vi cuando una noche acompañaba a mamá a la capilla, para oír unos sermones del mes de mayo. Íbamos por el callejón que delimitaba el pueblo de los campos. Por esos linderos vivíamos entonces. La luna, completamente redonda, me obligó a sentir tristeza, sensación de finitud. Quizás ya había visto recientemente al primer muerto de mi vida: a Josefa, la vecina, de cuya cara apacible mamá quiso que me despidiera. Ambos momentos confluyen. Más adelante, trasladados ya a la casa de La Loma, la parte alta, asomado a una ventana que miraba al oeste, el rumbo del cementerio, volví a sentir la inutilidad de la existencia. Quizás fue el efecto del poniente que se embarraba de amarillo agonizante. Me pregunté: para qué vivir si uno muere. Padecía precozmente, al parecer, de vocación de perennidad. Y como la lógica, el engarce de los detalles, era mi talento más elogiado, deduje que para no morir habría que ejercer el único oficio a cuyo ejecutante la muerte no podía dañar. Y muy pronto, ante el familiar plato de sopa, papá preguntó en qué pensaba yo trabajar cuando fuese joven, y le respondí:

-Como sepulturero.

Pero he muerto joven.

Lo supe cuando, después de varios años, volví a saludar a ciertos ex compañeros de trabajo. Reaparecí de improviso. Laboraban en un salón donde, en arbitrario conjunto, las mesas de dibujo mostraban, como escudos, sus tableros móviles.

-Buenas tardes.

Unos alzaron la cabeza y quedaron entontecidos; otros dejaron el compás en el aire; aquel, el índice puesto en el número nueve del teléfono...

-¡Sexto! – respondieron colocando en mi apellido signos de admiración especiales que no hallo en mi máquina.

Lo que todavía suele conmoverme al acordarme de aquella escena son las palabras de Pedro Vargas, topógrafo con quien yo jugaba inocentes partidas de ajedrez cuando ambos ayudábamos a que tomara rectitud y solidez la línea ferroviaria entre el central Colombia y la terminal marítima de Guayabal, entonces en el sur de la provincia de Camagüey y hoy perteneciente a Las Tunas.

Vargas había salido. Al regreso le informaron:

-¿Sabes quién te dejó saludos?

Casi airado respondió a lo que supuso un chiste:

-No jueguen con los muertos, caballeros. Y mucho menos con ese, que era tan buen muchacho.

Desde entonces, Balsac, para mí, es infalible. Y Vargas me resultó más simpático.

Memorias del agua

Presiento que una sobredosis de mar, río o lago me matará, pues, aunque nunca haya soñado que mis manos claman disueltas en oleajes o remolinos, no sé nadar, y ese es el argumento más plausible de los dos a favor de mi aprensión. El otro está más ligado a la realidad, pero menos recomendable para una influencia futura: las dos veces que he afrontado peligros de muerte han sido en el agua.

Al agua he ido cumpliendo encomiendas de mi profesión. Y el periodista atraviesa episodios de susto, porque el periodismo ha merecido el diploma de comportarse como uno de los ejercicios laborales más peligrosos del planeta. De tanto o más riesgo que la aviación de prueba. Son riesgos que se configuran cuando uno reporta una guerra, o viaja por caminos de montaña donde el corazón ocupa el espacio del cerebro y las amígdalas de la cintura desplazan a las de la garganta... O cuando uno escribe y disgusta a algún lector. No exagero. Conservo seis amenazas anónimas que tal vez fueron escritas por la misma persona, pero en todas acechaba una posibilidad de calzar mi cabeza con el dogal de la guillotina. Pudo ser que el lector o los lectores alardearan de su agravio o inconformidad y vomitaran sobre sus cartas los ventarrones inmaduros de la ira.

O lo que pretendían era -en cualquier número que fuese el remitente- echar al correos una broma para verme inquieto o histérico. Yo continué publicando las mismas notas que tanto ofendían a aquel lector de Pinar del Río que, al comprar un ejemplar de *Bohemia* en el estanquillo, buscaba la sección *En Cuba* y arrancaba aquella página que, sin embargo, eludía de ese modo el peor de sus destino: el sanitario.

Tal vez ahora, cuando conozcan que he estado a punto de morir en el cumplimiento de mi deber, esos lectores agresivos me envíen la conmiseración de su respeto. Por encontrar un reportaje insólito casi perezco en la torrentera del Toa. Transcurrían días de lluvia. Fuimos a vadear el río, pero, aconsejados, nos movimos a la derecha varios kilómetros hasta un vado más domesticable bajo aquel temporal. Formábamos un grupo. Para preservar mis botas, me las colgué al cuello. Y me introduje en el agua que enseguida rozó mi pecho con un ímpetu tumultuoso.

Adentrado varios metros, me percaté de que el lecho del Toa es allí una piedra pulida, como el pavimento de las aceras. Comprendí mi error. Y como retornar implicaba el mismo peligro que proseguir, asumí la travesía sobre aquella cuerda floja, agarrado tan solo de la agenda que, en el aire, evitaba los lengüetazos del río. Paso a paso fui consumiendo la distancia mientras recordaba a Marcos Behemaras, periodista y humorista muerto en un trance parecido y en la misma corriente. El grupo llegó a la orilla un cuarto de hora antes. Y Todos se pusieron a observar el peregrinar del rezagado. El fotógrafo que me acompañaba (uno descubre verdaderamente la calidad de los hombres en cualquier nimiedad) se acuclilló con la cámara dispuesta a perpetuar mi fuga hacia el mar si yo hubiese resbalado, o movido el pie izquierdo como nueve años más tarde en el río San Cristóbal...

Entonces habíamos llegado en automóvil hasta la tienda de Pozo Azul, en la Sierra del Rosario. Dejamos la máquina al cuidado del tendero. Y comenzamos a trepar conducido por Juanito Piedra hacia La Soledad, donde se empecinaba en perpetuarse el bohío de Clemente Vigoa, profesor de ciencias sociales que asombraba a los campesinos de la zona, porque en lo más incomprensible de los primeros años de los 90, sin saber nada de caficultura, pidió la baja en la escuela, convocó a la esposa y las dos hijitas, y recompuso una finca desamparada. Yo pensaba que un hombre así valía un viaje a las montañas. Juanito, con unas piernas que semejaban pistones, iba siempre delante burlándose de la inhabilidad de los habaneros que resbalaban allí, o se quejaban aquí de una espina. En San Cristóbal se había ofrecido para guiarnos. Vivía cerca de Vigoa. Llegando, le dije que de todas sus risas de guajiro lépero, nos vengaríamos comiéndole un guanajo con malangas en su casa. Y fue verdad. Sobre las tres nos despedimos del maestro. Tras cruzar el San Cristóbal cuyo caudal nos daba por la rodilla, almorzamos en el bohío de Juanito, ubicado sobre una altura que servía de frontera entre los municipios de Candelaria y San Cristóbal.

Apenas sin luz y luego de un aguacero regresamos. Pero ya el río traía el alud del agua de toda la montaña. Hallamos un vado. Juanito delante; yo lo seguía, y detrás Batista, el fotógrafo. Una cartera terciada protegía esta vez las notas, la grabadora y varios poemas que leería en la Casa de Cultura de San Cristóbal. En medio del agua, una de las botas se me trabó entre las piedras. La corriente rompía sobre mi cintura. Para destrabar el pie, giré situándome de frente al aluvión. Fue un acto inconsulto e infeliz. La corriente me empujó hacia atrás.

-Guajiro, me vooooy...

Manteniéndose de perfil al torrente, Juanito, se viró como la luz de un semáforo. Me enflechó su mano derecha. Y sin mucha esperanza, alargué la mía mientras la cartera se mojaba al tocar el fondo. Aprisionó dos de mis dedos. Y como una grúa, fue halándome hasta acomodarme en la orilla. La noche siguiente, ante el taller literario, mostré unos papeles arrugados por la humedad. Conté la historia. Y alguien sugirió:

-Titúlelos así: "Poemas húmedos".

Y acepté provisionalmente aquel título. Era mejor que "Restos de un naufragio". O "Testamento de un náufrago".

TRAÍDO POR LOS PELOS

Yo me peino de memoria. Lo escribo, y recuerdo a mi amigo Juan Ángel Cardi, impetuoso, irreverente humorista que cierta vez lo declaró refiriéndose a que yo no necesito espejo y hasta puedo prescindir del peine. Porque soy como dice el refrán que pintan la ocasión: calvo.

Calvo es una palabra maldita. Menos cuando se usa como apellido. Los apellidos se insubordinan ante su palabra matriz. Y adquieren una personalidad con valor propio. Renuncian a la semántica. Si se pronuncia el apellido Cabezón nadie pensará en el fenómeno del mismo nombre. Ni reiría maliciosamente al conocer, en una lección de historia de América, las hazañas conquistadoras del hijodalgo Cabeza de Vaca.

Cuando, en cambio, opera como un adjetivo y se pega con toda su depilada desnudez a un cráneo destechado, equivale a un vocativo insultante dicho a gritos por ciertas personas –de pelo largo e ideas cortas, como sentenciaría el filósofo- que viajan desaladamente en ómnibus y camiones.

El chiste a veces es más noble. Pero siempre traslada un clavo embozado. Recuerdo cuando pedí un cepillo para el cabello a Aramís Ferrera, fotógrafo de ojo fino y olfato mágico. Andábamos en una de esas giras en las que los periodistas adoptamos las costumbres de artistas y trabajadores de circos. Compartíamos la habitación. Nos preparábamos para comer. Y quise peinarme antes. Sonrió con diente irónico, y me alcanzó el cepillo advirtiéndome:

-Cuidado no te lastimes el cerebro.

Otro amigo –aunque con ánimo consolador- fue más agresivo. Me dijo que los calvos rendíamos una utilidad pública: servíamos los domingos de puntos de referencia en los estadios colmados.

Los únicos que ahora no dirán una frase burlona o conmiserativa sobre los calvos son los barberos. La razón, obvia. Somos clientes que pagamos la tarifa oficial, incluso más, a cambio de menor trabajo. Quizás cuando la ley intervenga para enmendar la injusticia y rebaje la mitad del precio para las cabezas calvas, esos cirujanos de la periferia empezarán a desacreditarnos y nos negarán disimuladamente el turno para poner nuestra miseria capilar bajo sus tijeras y su cháchara. Aunque conozco a uno que defiende el mismo precio, incluso mayor, para los alopécicos. Figúrese, me replicó, con usted debo demorarme más, sudar mi estrés, porque puedo herirlo en un desliz. Tal vez haya que exigirles seguro antes de que se sienten bajo nuestros instrumentos.

Ser calvo viene siendo, a fin de cuentas, como una maldición bíblica. No dudo que algún contemporáneo de Abraham o Moisés haya querido dotar de una dosis de fantasía a aquella existencia apacible y aburrida de pastores, y concibiera una forma distinta y por ello audaz de hacer el

amor. Y la Ley, horrorizada por tal quebranta-
miento de la posición y la técnica estatuidas, lo
condenara, junto con su descendencia según pre-
veía el código mosaico, a exhibir la cabeza
desamparada de toda sombrilla pílica.

La humanidad, visto el asunto con rigor histórico, ha venido perdiendo pelo. Se observa en esa
escala morfológica que de vez en cuando repro-
ducen las revistas. Desde el primate homínido
hasta el Homo Sapiens, el hombre dejó en su trayecto evolutivo estimables volúmenes de pelo.

Y parece que el desprendimiento proseguirá.
¿Por qué, si no, los escritores y dibujantes de
ciencia ficción describen a los hombres de la posteridad, incluso a las damas, con la cabeza tan
lisa como bala de cañón colonial o moderno?
Dada por segura esa previsión, los calvos del
presente somos los pioneros, los anticipadores
del porvenir. En un futuro todavía incalculable,
lo que gritarán las personas de pelo corto y de
ideas también breves, a ciertos transeúntes,
será una mofa insólita y contrastante en nuestro
tiempo:

-¡Peludo...!

Entre los científicos conserva vigencia la teoría
de que la calvicie proviene de un excesivo fluir
de hormonas masculinas. Los calvos –según ese
aserto- somos demasiado viriles. Y no es desde-
ñable la conclusión de profesionales habitualmente tan circunspectos, aunque presenta un
requisito que a veces se torna en dificultad: uno
ha demostrarla siempre.

No puedo, por mi parte, asegurar que los calvos

dispongamos de un plus de virilidad. Puedo, en cambio, morir aseverando que somos estoicos servidores de la voluntad colectiva. Si los calvos nos hubiésemos negado, la moda del sombrero seguiría torturando el bolsillo y las testas de la mayoría de los varones. Compondríamos una sociedad de "caballeros cubiertos". Y los planificadores de la industria y el comercio tendrían otro superfluo epígrafe en sus modelos de gastos e inversiones.

Pero que andemos a cráneo abierto por acatar una decisión social no implica que nos hayamos resignado a vivir sin pelo. Y, en consecuencia, la farmacopea folclórica abunda en preparados (ahora pruebo uno basado en aceite mineral, yogurt y azúcar), y los laboratorios buscan la fórmula decisiva. Hasta se ha inventado el trasplante capilar, como si problema tan peliagudo pudiera resolverse con las recetas de un proyecto de reforestación.

No conozco un remedio mejor que el sugerido por una animadora de televisión. Fue extraño, pero lo expresó con una frase sensata, profunda. La calvicie –dijo- hay que llevarla con dignidad. Para ello, añado, hace falta no tener memoria, o espantarla de una palmada como si fuese un mosquito zumbón. Y olvidar que le entregamos la cabeza al sol. Porque si uno se acuerda, enseguida baja la frente, de modo que ser calvo se trueca en una herencia maldita, en una insuficiencia depreciadora.

Todo, desde luego, no supone desolación. Los

calvos también gustamos. Al menos por el atractivo de suscitar el recuerdo, según se infiere de la anécdota protagonizada por mi mujer, a quien una vecina le preguntó qué me había visto de agradable para casarse conmigo. Zenaida tuvo lista una pregunta similar para contestarle (el esposo de la curiosa era cojo).Pero desdeñó herirla con la misma estocada, y respondió:

-Bueno, cuando nos casamos tenía pelo.

Y desde ese día sospecho que mi esposa me ama como yo me peino: de memoria.

JUEGOS DE PALABRAS

Las palabras no mueren de enfermedad, ni de crimen. Uno las tacha, las enreja en la garganta, y reaparecen en otro papel, o se fugan por una rendija de cualquier lengua. Puedo hacer un informe personal del problema. Me había negado a escribir o decir *actividad*; no quería sucumbir a ese truco de la pereza que con *actividad* nombra toda acción, todo gesto humano. Pero caí, a pesar de reputarme como un asesino de ciertas palabras.

Mientras apremio el teclado o la boca, las vigilo, las aíslo, las desdeño. Y si se evaden de tan enconado control, al repasar las cubro de cruces como bajo un multiplicado EPD. También las tacho, con gusto fanático que nunca enmascaro, en las cuartillas de algún colega.

He convertido en un rectangular e impenetrable borrón a vocablos como *salvataje*, escrito por un corresponsal desde México cuando relataba las operaciones de salvamento de las víctimas de un terremoto, y a *reconfort*, sinónimo de consuelo en una nota informativa sobre los prisioneros políticos en el Chile militarizado.

En otro momento he hecho invisible al adjetivo *muerto*, pues el redactor afirmaba que en una aldea salvadoreña permanecía el cadáver muerto de un soldado. Y he quitado una aureola

27

al patrono de España a quien le habían doblado la santidad colocándole un *san* delante de su San-tiago.

Los diccionarios de la lengua son como directorios telefónicos desactualizados: nadie los consulta; tampoco entregan la verdad completa. Uno lo deduce al descubrir tanto desacato en la crónica que los periodistas escribimos para registrar, durante la agonía de un acontecimiento, otro tan principal como el que acaba de ocurrir. Es un trotamúndico y supersónico acto de historiadores que justifica sus faltas en la intransigencia del jefe de información que advierte, mostrando el reloj, que el tiempo en un periódico no posee las propiedades de un noviazgo moderno, exento de límites para la exploración de las formas.

Pero no solo entre personas de letra y prensa. También la innombrable ciudadanía modifica las definiciones de los diccionarios. El idioma se ajusta dócilmente a las filosofías y conveniencias coloquiales. Aquel hombre –recuerdo- se calificaba de extremadamente celoso. Nosotros dudábamos de su auto apreciación. Él insistía. Y le preguntamos con intenciones de ridiculizarlo:

-¿Sabes qué significa *celoso*?

-Sí. Y también lo dice y lo sabe mi mujer?

-¿Tu mujer? –repetimos a la vez, nosotros, que sabíamos el secreto.

-Sí, ella.

-¿Por qué lo dice?

-Porque ella tiene otro, y a mí no me gusta...

Yo, perseguidor, matador, asesino de palabras

impropias o indeseables fui, sin embargo, bur-
lado, vencido. Me negaba a escribir, a pronun-
ciar *actividad*. Una tarde íbamos por la carretera de Pinar del Río a Viñales, el valle de los
mogotes únicos; por esa ruta uno se pregunta si
las carreteras beben, porque parecen trazadas a
curvas de borracho. El automóvil rodaba despacio, más lentamente que lo marcado en la señal
de vía. Delante, varios camiones avanzaban
como arria de mulos. Gente guajira se aglome-
raba sobre ellos. El paso era intolerable. Sol.
Polvo. En una breve recta, Alcides Betancourt,
chofer de Bohemia, ocupó la izquierda para des-
mandarse.

-Despacio –le pedí. Quiero averiguar.

Y desde la ventanilla tiré mi curiosidad hacién-
dola volar en la persistente palabra. La respuesta, voceada para que nos alcanzara, todavía
me avergüenza:

-Esto no es ninguna actividad, señor; es un entierro.*

*Esta crónica fue publicada en *Bohemia* en 1988.
Después supe que algunos se la atribuyeron al
destacado periodista radial Orlando Castellanos. Al menos, dicen, él contaba la anécdota
como propia. Ya difunto Castellanos, solo puedo
perdonarlo, aunque reclamo, en estricta justicia,
la paternidad de esta historia. Tengo testigos.

Cartas de amor

Me he puesto a la moda: hace tiempo que no escribo una carta. Como tantos cubanos que según aseguran las estadísticas poseen uno de los promedios más bajos de correspondencia en el planeta: seis anuales

Antes era distinto. Cuarenta años atrás cuando estudiaba internado en una escuela donde los sonidos más cercanos provenían de los árboles, los pájaros y las gallinas, y de lejos solo percibíamos el picoteo de algún tractor sobre la tierra roja, redactaba cuatro o cinco cartas mensuales. Aunque era una correspondencia muy rara, singular. Yo las escribía, y las respuestas llegaban para otros. Entre mis condiscípulos ejercía, gratuitamente, de escribano público, especialista en conflictos de amor. Me adelanté a la poetisa Liudmila Quincose que en 1994 plantó en la sala de su casa, en Sancti Spíritus, una carpa para componer y vender cartas, preferiblemente de amor. Empezó en un juego, y siguió en una operación de escribanía muy grave, responsable, porque algunas personas descubren alguna vez que escribir una carta es a veces tan necesario como convivir.

Un lunes se me acercaba Peña, recién vuelto de una visita a su casa, y me contaba:

-Discutí con Rosa. Fue duró: la golpeé con la almohada.

(Éramos estudiantes adultos.)

El martes, firmada por Peña, partía una carta con las palabras aplastadas en un acto de arrepentimiento, irguiéndose por momentos para prometer la cordura. A la semana siguiente, el cartero traía un sobre cuyo perfume no podía si no vocear el perdón.

En otra ocasión, Vilches, que había regresado de Bayamo, narraba una historia apenas iniciada en el ómnibus con una mujer de un temperamento... un temperamento... y callaba buscando dentro de su entusiasmo el término apropiado.

-Insólito.

-Fenomenal –corregía él, y enseguida se trazaba un propósito en un lenguaje más viril:

-Tengo que ligarla.

Yo me percataba que la operación de conquista me pertenecería; lo demás a él.

A los pocos días, Vilches me informaba en el receso previo a la comida:

-Usted es un bárbaro, compay. Me respondió, y por telegrama... Figúrate.

Terminándose el curso conocí a Zenaida, y entonces comencé a escribir solo para ella. Desde cualquier lugar adonde mi entonces profesión de topógrafo –como barco a marinero—me conducía. Unas cartas con matasellos de Puerto Padre o Camagüey; otras de Sancti Spiritus o Ciego de Ávila. Conservo un fajo, pero no las he vuelto a leer. Quizás por vergüenza. Pude haber dicho alguna exageración erótica que nunca, después de casados, he igualado con hechos. O porque ya me parecen ridículas. Uno, aunque se resista, cede al fin a las modificaciones de la sociedad. Y hoy enamorar por correo postal resulta una técnica anticuada.

El teléfono y el correo electrónico suplen al epistolario. Son medios más rápidos, y la fatiga se minimiza en calorías imperceptibles. Mas, cuántas ideas, cuántos afectos quedan en la clandestinidad. Boca a boca las confesiones se amenguan ante el pudor, o la timidez, o la hipocresía. En un *email*, incluso, el escenario es menos apropiado para confesiones íntimas: hace tanto frío en la pantalla. Sobre el papel, en cambio, se vacía hasta lo que repta en el inconsciente. La distancia, ese intermedio entre el remitente y el destinatario, anima al pusilánime y fortalece al audaz. Pero el teléfono y los textos en facebook y otras ofertas digitales también aventajan a las cartas, porque, al parecer, retrocedemos hacia la frivolidad en las ceremonias del sentimiento. El amor exige hoy menor asedio verbal. Es más práctico: menos insinuante y más directo. El circunloquio reclama una paciencia que ni mujer ni varón ya soportan.

Yo fui fiel a la época de mi juventud. Todavía uno compraba en las librerías rimeros de epístolas galantes. O poemarios en papel gaceta para aparentar que era capaz de rimar amor con dolor, o noche con broche, alma con calma... Cuánto plagio ha de estar guardado en gavetas con atmósfera de naftalina. Y cuánta señora seguirá creyendo que su esposo, después de casado, extravió la inspiración. Conozco a una mujer que se percató de la estafa. Tuvo más de un novio. Y en la primera carta del segundo leyó lo mismo que en la segunda del primero. Como demostré más arriba, no adquirí ninguno de esos modelos. En lo concerniente a los escarceos amorosos me ceñí a la originalidad.

Mi primera carta de amor la escribí a los 13 años. Me había enamorado de María Amada. Vivíamos en el barrio de Arroyo Apolo en la capital, reconcentrada comunidad de obreros donde la decencia llevaba el nombre de cada uno de sus habitantes. Una pared dividía nuestras casas. Ella se paraba a su puerta; yo a la mía. Y nos mirábamos, nos mirábamos... Cuando lo recuerdo envidio a mi yo niño. Nunca más una mujer ha indagado tan microscópicamente detrás de mis ojos.

Murió joven. Tal vez antes de los 30 años. El cáncer profanó uno de "los clavos adelantados de su pecho", como los evoqué en un poema adulto. No supo que la amé. Mi intrepidez se localizaba en los deseos. Decidí, sin embargo, escribirle. Empecé madura, patéticamente: "Dicen que el amor de niño no existe..." Lo demás permanece en el platónico espacio de las ideas irrecuperables.

-¿Pero le entregaste la carta? –ha preguntado mi hijo mayor mientras descarga el camión de arroz y frijoles habitual en sus comidas.

Me aterraba pensar en qué dirían mamá y

papá de tan precoz e ilegal enamoramiento, y la escondí debajo del colchón.

Allí quedó. Semanas más tarde me llamaron a ocupar un pupitre y una cama en el seminario salesiano. Mediaba 1959.

Mamá la encontró cuando cambiaba las sábanas.

-¿Qué dijo? –pregunté a uno de mis hermanos entre temeroso y abochornado un domingo en que me visitaron.

-Nada, bobo.

Mientras la convertía en opacas lentejuelas, mamá comentó (abuela estaba cerca):

-Este parece que va a ser escritor, vieja.

Llegada tardía

Las charlas de mis compañeros, las imágenes eróticas del cine y el insolente cachumbambé trasero de las criollitas que ya Wilson estaba por descubrir en el semanario *Palante*, empezaron a entretener mi audacia. Vete, me decían, como en el poema de Amado Nervo, cuerpo y alma al par. Contente, replicaba el custodio de mi libertad impuesto desde la niñez por una educación religiosa que entonces por laberínticas tergiversaciones convertía en ácido lo más humano de la gente.

Un sábado, al fin, ganó la cicuta.

Regresé del trabajo al atardecer, tras cinco días hospedado en un barracón tan viejo como el siglo. Por aquellos años, el país empezaba a repartir una justicia nueva, y a los 18 yo tenía un empleo en un ingenio azucarero de Artemisa. Lejos de la capital. Pero la distancia era también un regalo con su posibilidad de conocer, de crecer valiéndome de mi libérrima capacidad para andar y decidir.

Esa noche, sin embargo, la propia Revolución que tanto me había dado me "quitaría" algo. Ahora no lo lamento. Me alegro. Porque me introduje naturalmente en el supremo misterio de la vida: sin comprar el acceso. Tuve que conquistarlo, merecerlo, en la liza incierta, desesperada,

35

febril, del enamoramiento. Por influencia de una moral sustancialmente ideologizada creía que la adquisición mediante dinero de un intercambio amoroso, deterioraba la luz que despedía un beso. Aún lo creo, pero a los 18 años sostener ese principio reclamaba un vagón de heroísmo.

En el central Eduardo García Lavandero, antes Pilar, uno de mis compañeros de trabajo contaba sus visitas dominicales a una casa de esas, un prostíbulo, y yo, muy petulante, con la palabra reseca le dije una vez:

-A mí no me gusta el amor tarifado.

El, un tanto sin entender lo que este niño fino decía, respondió:

-Ah, sí; está bien –y prosiguió el lúbrico relato cuyas peripecias me habían obligado a una declaración desganada, sin convicciones, pero también azuzaban los sentimientos de mi cintura, infatigables tironeos donde se mezclaban urgencias fisiológicas y necesidades líricas. Mis ojos soñaban con la figura esbelta, el rostro pálido y los labios rojos de Gudelia... aquella muchacha del ingenio por quien, al verla pasar y con el interés de hablarle, dejé un bistec de palomilla sin consumir en el restaurante artemiseño de Cabrera. A mi edad ese gesto era tan heroico como sujetar otros deseos.

Aquel sábado me vestí con inusual tiento. Alquilé un taxi. Lléveme con mujeres, pedí al chofer. Recaló en la calle Pajarito, en La Habana. Ahí tienes, me indicó. Me aproximé a la puerta. Había un miliciano con un fusil que meses después yo aprendería a reconocer como M-52.

-¿Que quieres?

-Mujeres, claro.

Sonrió. Palmeó mi espalda.

-¿Qué pasa, compañero?

-No te inquietes; no hay nada malo en tu deseo.

-¿Nada?

-Bueno, llegaste tarde.

-¿Tarde?-apenas eran las ocho de la noche.

-Sí, muchacho. Tarde. El Gobierno Revolucionario los cerró hoy.

DIARIO DE UN DÍA

A los 20 años empecé a escribir un diario íntimo que tres meses más tarde interrumpí en una resolución sumarísima. Un amigo me atizó la duda al decirme que uno comenzaba escribiendo las cosas que le sucedían y terminaba inventando las cosas que escribía. Como en un tránsito estupefacto hacia la novela de sí mismo: la autoficción.

Aquella noche deduje que el hombre que habla con el hombre que consigo va, como en el verso de Antonio Machado, no podía perecer por la baba de una ingobernable tendencia al mito. Yo solo pretendía entonces estampar en la libreta la verdad de mi circunstancia interior. Y para no contaminarla de artificios trunqué mis notas en una fecha que puedo confirmar: 11 de octubre de 1966.

Admito que exageré. Y acepto también que el impulso mixtificador de cuantos escribieron o escriben un diario, quizás provenga de la intención o se contenga con ella. Si uno lo escribe con un afán profesional, para publicarlo alguna vez, o calculando que al futuro le interesará, puede vaciarse cautelosamente, restando o sumando en letras finas lo conveniente o lo inconveniente, lo útil o lo bello; o si los emborrona para pulir el espejo de la propia conciencia, lo único que le importa es la indivisible verdad personal; o, simplemente, si lo lleva como un jugador sus cuentas, tratando de justificar el tiempo perdido, tal vez sea pueril, intrascendente, o imaginativo. Las intenciones, múltiples y confusas, suelen escurrirse ante el yugo del análisis. ¿Cuál habrá sido el móvil de Ana Frank, la adolescente que compuso un documento donde el candor y la madurez compiten en un testimonio insobornable sobre la maldad del nazismo?

A pesar de las aprensiones, me seduce leer la prosa lírica de los diarios íntimos, verla develar las tarjas secretas de la personalidad, o desenmascarar las opiniones más recónditas sobre los acontecimientos o las personas y personajes que te cercan e influyen. El *Diario íntimo* del Amiel me encaló la conciencia con un blanco nebuloso, reconcentrado, sintético, propiciador de excavaciones en los soterrados del espíritu. El de Thomas Merton, el monje escritor, me trasmitió la nostalgia por el fervor del silencio y la meditación, convenciéndome que existen valores éticos más humanos que el placer o el acomodamiento. Y el Diario de León Bloy, uno de los raros escritores franceses que Rubén Darío describió en su libro llamado así: *Los raros*, me mostró cómo resistir las cornadas de los prejuicios, el abatimiento, la mentira y, sobre todo, cómo defender el propio criterio con honradez, aunque uno quede sin zapatos y sin estómago.

Las páginas de mi diario, sin embargo, me abochornan. Después de tantos años de haber aprendido a discernir la distancia entre escribir

39

un diario y escribir para un diario, me aterra repasarlo. Lo redescubro en una posición demasiado tartamudeante, planchada, acusando la vocación de un aprendiz de escritor que no precisa de qué lado sopla el silbido de los sueños. Recuerdo, en mi descargo, que necesité llevar el diario como un purgante. Atravesaba el desierto familiar –casi todos se habían ido al extranjero– y el amor primerizo y puro –puro por primerizo– también emigraba dejándome intactos los ahorros de la boda. Ahora, al reencontrarme en esas páginas, sonrío un tanto contra mí mismo. Todo pasa, menos las cicatrices que identifican lo vivido.

Si alguna anotación me place aún es la del primero de agosto. En aquellos tiempos aún persistía la moda de leer a Vargas Vila. Me impresionaba su manera de convertir las frases en un "caracol sonoro". Pero ciertos juicios, ciertas actitudes, me parecieron de bufón. Como cuando, en *Ibis*, decía al hombre defraudado por una mujer: "Si no tienes valor para matarla, mátate." ¿Qué usted dice, señor? Ni siquiera en aquellos instantes, cuando yo era un enamorado sin alma y sin gema, me convenció la propuesta. Afortunadamente, días antes había leído a *María*, novela romántica de Jorge Isaac, otro colombiano; fue el antídoto del gaseoso y refrigerado machismo de Vargas Vila. Y escribí: "María seguirá viviendo, andando por ahí en los ojos de otras mujeres, y quizás me cruce con ella en una mirada..."

Tres años después me casé.

ILUSIÓN CONTRA DESENGAÑO

Todo cuanto escriba ahora lo provocó –es decir, lo llamó hacia delante- el timbrazo de una colega a la que conozco, y me conoce, solo por el nombre. Quería, en particular, averiguar mi edad por el único interés de saber a qué generación le debo las señas, porque a veces –decía- saco a pasear algunas palabras que exclusivamente pronuncian lenguas formadas en la prehistoria. Y citó el vocablo dolamas como ejemplo.

El término parece estar jubilado. Ya nadie dice dolamas sino achaques. Pero si lo llamo a servicio alguna vez no significa que yo sea un becario de Matusalén -el bíblico longevo, no el añejo embotellado. Uno, creo haber escrito hace poco, es también hechura de los libros que lee. Y esa palabra la incorporé a mi vocabulario leyendo a Azorín. Tal vez a Cervantes. O a Carpentier. Y podría citar otras nunca mencionadas y que se albergan en las páginas de libros de ayer. Y de hoy. En ventura general deriva la existencia de los escritores, porque, si no, pronto el diccionario de todos los días cabría en un cartucho de bodega ripiado por uno de sus lados.

La charla se extendió con la colega. Me opuse jaraneramente a confesar mi edad. Ella reveló la suya, y añadió: Ah, tiene usted problemas con los años. Tengo, en efecto, un conflicto. Pero no

41

LUIS SEXTO

de esa índole que impele a negar o enmascarar
la edad. Ese litigio es baladí, superficial. El mío
hiere en el tuétano. Me pongo viejo y aún no he
envuelto todas mis ilusiones en papel de regalo.
Nos despedimos luego con el tácito compromiso
de una amistad. Y yo, que urgía del tema sema-
nal, repetí dudando ante mí mismo mis últimas
palabras: ¿ilusiones, ilusión? Y comencé a escribir, a filosofar, y el que me lee asiduamente sabe
que no renuncio a filosofar, lo cual, para mí, es
pensar aunque lo que piense sea borra de café.
Colando zambumbia se aprende a destilar un
expreso.

¿Será posible la ilusión? ¿No se nos aparecerá
para darnos precisamente la ilusión, el fantasma, de que vivimos cuando en verdad solo
existimos porque la vida en sí misma no halla el
sentido?

John Stuar Mill advirtió en su Diario sobre esa
percepción. Asumida así, como la fantasiosa certeza del vacío, la ilusión se confunde con la alucinación, sobre la cual Mill señala que es "una
opinión errónea". Alucinación, humo, intangibi-
lidad de lo entrevisto. Impostura cuya organici-
dad no puede tramontar lo baldío. En nuestro
idioma, Calderón de la Barca levantó, mucho antes que el filósofo inglés, una cátedra alucinó-
gena. Le negó a la ilusión la posibilidad de redi-
mir el hastío, de compensar los días con las cer-
tezas previsibles. Porque "qué es la vida, un fre-
nesí, / qué es la vida, una ilusión, / una sombra,
una ficción". En suma, que "toda la vida es
sueño/ y los sueños, sueños son".

Pero la ilusión es un gas. Se eleva. Y si falta en toda su proteica morfología, el vigor interior se nos desinfla y la vida empieza a carecer de sentido. Entonces uno comprende que así no se vive, se existe, que no es lo mismo, aunque en ambos estados uno coma, camine, duerma.

Y por ese trillo de mi raciocinio dominical me voy explicando por qué a pesar de mi edad, todavía me entusiasmo con una llamada telefónica, un mensaje electrónico, o una carta donde me advierten que todavía algo de cuanto escribo interesa. Y en consecuencia me repito que el único día perdido es ese en el que no pulo o garabateo una línea, convencido de que la de mañana habrá de ser más vigorosa, rotunda, clásica.

Moribundo cierto rey, cuyo nombre desconozco y no deseo averiguar, trasmitió al príncipe heredero la cápsula maestra de su veteranía en el poder: No le pidas a tus súbditos lo que eres capaz de pedirte a ti mismo. Yo, por el contrario, exigiría a mi hijo conciliar en su alma la fórmula de la juventud perenne. Que es lo que yo me he impuesto hacer en la redoma de mis circunstancias: Matar un desengaño con otra ilusión, hijo.

El entierro de mi abuelo

Tengo una frustración: no haber conocido al padre de mi padre. Ni en fotografías. Y su imagen en blanco intenta a veces ajustarse a mi figura cuando me copio ante un espejo. He querido parecerme a mi abuelo gallego.

El otro, el materno, nacido en las Islas Canarias, compensó la ausencia prematura de don Francisco. Oyéndolo adquirí –como algún famoso novelista con su abuela- el gusto por las narraciones heroicas. Yo era el auditorio frente al cual abuelo protagonizaba las rebeliones que nunca encabezó, las peleas que nunca ganó, las injusticias que nunca vengó. Ficciones de guajiro oprimido en todo menos en la imaginación.

Antes que el radiorreceptor de pilas, él me contagió de mitos. Y cuando alcancé seis o siete años, los parientes se atormentaban al estimar que había nacido bobo, porque me sorprendían arrancándole al cuero del taburete el galope de caballo que abuelo me había introducido en la mente.

Muchos años más tarde me avisaron con urgencia. Durante el viaje estuve pensando que los abuelos no debían morir. Generan el único cariño gratuito de la vida. Los padres aman insuperablemente, pero a cambio, en un trueque inconsciente, piden a sus hijos ser como los concibieron antes de asomar por la claraboya que el amor les abre. Los abuelos miman, aplauden, amparan, y como clientes distraídos de la bodega se marchan sin esperar el vuelto de su moneda.

Llegué al pueblo horas después de que el verde y el fulgor de abril se ahogaron en las cataratas del viejo. La familia estaba reunida como creyendo ver un sueño o una mentira en la cara irremediablemente seria del abuelo. Empezaron a mirarme con el azoro de ciertos animales ante un bulto desconocido. No querían aceptar que el tiempo me hubiese puesto otro sobre aquel que se fue en el tren una mañana polvorienta y deshabitada.

El entierro partió enseguida. Los vecinos nos acompañaron sin importarles la harina rojiza que se les pegaba como nuevo betún a los zapatos. Había llovido. Y el cielo aún se tapaba con nubes gordas y grises. Me extrañó que nos detuviéramos a la puerta del cementerio. Vi a Tío Juan conversar apartadamente con un hombre alto, de pelo blanco y en sus gestos la solemne rigidez de una guayabera recién planchada. Trabajaba en la botica. Yo no lo conocía. Se había afincado en el pueblo pocos años antes. Y lo oí preguntar por el nombre completo y el lugar de nacimiento de abuelo.

—¿Para qué? —pregunté, y supe que ese señor despediría el duelo y tan sólo cobraría diez pesos.

No deseaba sobresalir en aquel trance por mi

45

impertinencia, y prohibirles a los vivos guardar un retrato del difunto, trazado con palabras buenas. En la gente hubiera quedado una sensación de acto inacabado, ceremonia inconclusa, de muerte incompleta que los habría agobiado mientras tuviesen memoria. Sin embargo, argumenté:

- No conoció a abuelo, qué podrá decir.

Pueden suponer que también me molestaba que las virtudes de mi abuelo se ponderaran con palabras pagadas como en un telegrama. Un tanto alebrestado cañoneé un que se vaya.

La resistencia de Tío Juan se mostró cautelosa al preguntarme quién hablaría. Me trabé en un silencio cabizbajo. Era un problema.

-Si no hablas tú, lo hago yo –decidí.

Tío Juan volteó hacia los demás sus ojos, tan pequeños y tristes ahora. Pedía auxilio. Todos tiraron los suyos en los charcos amarillentos. Nadie habló. Sólo se oía el carraspear de una tormenta por donde la chimenea lejana del ingenio soplaba figuritas negras sobre los cañaverales acostados por el viento. Se defendió todavía: ¿Qué vas a decir, muchacho? Y mientras me acercaba al último surco abierto por el viejo, creí que todos me preguntaban burlones y adoloridos a la vez: ¿Qué vas a decir, bobo?

Tampoco lo sabía. Pero acabé de introducirme en aquel ruedo.

Despacio, como si la voz me cojeara, enumeré los méritos de mi abuelo. Y cuando regresábamos sacándole quejidos huecos al barro, todos me daban la razón. No se podía decir más. Esa era su verdadera gloria: El trabajo, la honradez y el haber aprendido a leer a los setenta.

-Así hubiera hablado él -comenté.

-¿Quién? ¿José?

-No, Francisco...

Y callé. No les dije que a ese abuelo siempre he querido parecerme, porque ha provocado mi única frustración: no haberlo conocido.

EN CIERTAS SOLEDADES

Bertica podrá aclarar el porqué del conflicto que me obliga a actuar como no quiero. Quizás ya no recuerde el episodio. Pero a mi edad, cuando lo vivido comienza a pedir reconciliaciones, le agradezco que se haya acogido al silencio, y en el momento de aquel acto se haya comportado como una mujer ducha. O sencillamente como mujer. Siendo tan niña.

No es que yo crea que el estado perfecto de la mujer sea el silencio; ese infundio, casi infamia, aspirado entre la resaca voluntarista de Schopenhauer, o trasegado desde minutas de Vargas Vila, o, en el mejor de los pareceres, copiado del verso en el que Neruda confiesa gustar de su mujer cuando calla, porque "estás como ausente". Así, desde luego, la "perfecta casada" del fraile clásico, mi tocayo, pero de León, sería la "perfecta callada", considerando que la lengua del varón –del macho más bien- acusa a las damas de tener la similar demasiado loca.

A Bertica, en fin, le envío mi gratitud por el silencio tolerante y abnegado de aquel momento. Y por el resto del silencio. Lo que sucedió entre ella y yo me ha mutilado. Vitaliciamente. Cuando me preguntan en medio de un zafarrancho rítmico, en conga o en rock, por qué no bailo, digo: ah, yo soy un cubano atípico; criollo con exceso de gallego. Solo me muevo en ciertas soledades.

La explicación es ficticia. En el fondo envidio a cuantos se retuercen plástica, francamente, al golpe de cualquier cuero. ¡Cuánta tristeza no ser igual, no hacer lo mismo! Por dentro soy tan cubano como cuantos se insuflan a una rumba como si estuviesen enhebrados con hilos eléctricos. O elásticos. Descoyuntada tromba. Remota vibración de areíto y negritud.

Todo cubano es mestizo. Lo es incluso aquel que se cree blanco de cuatro cuartos. Es híbrido en el alma. Yo, que soy ex rubio me estimo mulato. Siento adentro el pulso parejo de atabales africanos y tacones hispanos. Y me defino con el mismo ritmo de mi cultura mestiza: vivaz en el andar, atropellado en el hablar y pronto al grito engallado.

Me consta que Bertica a nadie chismeó mi debilidad. Al menos, nadie de mi pueblo al verme y ponerse a evocar mis andanzas de niño, aludió a aquel baile de los llamados del Sábado de Gloria. Entonces, sabe Dios por qué equívoco, se festejaba anticipadamente la resurrección del Señor. Y ese día, este vejigo de siete años poseía 20 centavos, que no sé cómo obtuve. ¿Acaso del peso que me pagaba el juez mensualmente por recogerle en la fonda de Neno el almuerzo y la comida? Coincidí con Bertica en el para nosotros enorme salón del cine, ubicado frente a mi casa. La invité a un refresco y una panetela borracha (se pulverizó el dinero). Luego a bailar (qué audacia, me figuro hoy). Ella –menuda, tímida, manejable- se dejó tomar por el talle. Atiné a marcar un compás, dos, hasta tres, de aquel bolero taciturno. Te sigo amando/ Un paso. Voy preguntando/ Dos pasos. Dónde poderte... El tercer paso encontró un pie de Bertica bajo uno de los míos. ¡Un pisotón! A cualquiera le ocurre, me hubiera dicho alguien con experiencia. Pero yo me largué a casa. Y callé mi vergüenza. Bertica también.

El breve instante de un olor

El niño pasa lengüeteando un *durofrío* y deja aquel olor... que me recuerda a Veguitas y su milagro. Ah, Veguitas. Como las locomotoras de vapor que entonces recalcaban su presencia en el andén con una campana, él anunciaba su paso. Tañido tosco de metal espurio, compuesto a martillo en la herrería del pueblo. Nos enterábamos antes de que torciera a la derecha. Venía como jinete desmañado, al desgano, sobre una yegua blanca aventada por dos neveras portátiles que colgaban de las ancas.

Regresaba de vender su mercancía en las casas dispersas cerca de la estación ferroviaria. Y lo esperábamos a la orilla de la Carretera, como llamábamos a la calle que nos enlazaba con el ferrocarril. Próxima a nosotros, a la izquierda, sobre la curva, una barranca caía atenuada un par de metros, y seguidamente un sendero se adentraba en los potreros de don Tomás Morales, mi padrino formal, y un tanto más allá, llegaba al Ariete, poceta pacífica y sombreada del Caunao en la que un domingo vi nadar a mi padre.

Cuando el viejo Veguitas abría las latas donde guardaba el sabor congelado de varias frutas, el olor a piña difundía para mí, entre gélidas humaradas, la atmósfera del paraíso. No puedo expresarlo con otra imagen, porque otro no podía ser el olor de la dicha, de la paz. La piña, contrariamente al gusto de papá que las tomaba sin pedirlas donde las viera maduras, no me entusiasmaba. Pero su olor... Cuántas intuiciones indescifrables, nebulosas, convocaba en el niño el olor de la piña envasada en un *durofrío*. Porque un olor acerca, de improviso, un ritmo especial al corazón. Un olor azuza la memoria. Un olor hace palpitar cierto instante muerto. Cuando ahora lo siento, lo identifico: la piña llama el olor de lo lejano. Y me devuelve aquel período germinal de mi existencia. Quizás el paraíso que yo inconscientemente presumía, flotaba allí mismo: en mi niñez protegida por papá y mamá, y acompañada afectivamente por mis dos hermanos pequeños, a quienes me enseñaron a querer como si fuesen mis hijos, porque yo era el mayor.

Tal vez pude escribir *El perfume* y adelantarme a Patrick Susking en la obsesión odorífera de su personaje. Como también pudo componerlo un amigo mío que, incluso, por la malignidad de sus olores predilectos, pudo evolucionar hacia un Grenuill irracional y delictivo. Ya adulto, iba en ciertas tardes al extinto vertedero de Cayo Cruz a ventear los espejismos infantiles asumidos tras el fondillo de una perrita, con la que jugaba durante sus libérrimos gateos por las habitaciones de la casa. Ahora comprendo que la fortuna premió mi nariz al ofrecerle primigeniamente la ocasión de enroscarse en las espirales de la piña.

De Veguitas sólo recuerdo los espejuelos metálicos. Y la voz. Cómo podré expresarla, describirles el timbre, el dejo, la entonación, si sólo resuena en mí y sólo para mí. Desde el lomo de su bestia despachaba. Volteaba el cuerpo, y sacaba los *durofríos*, uno a uno, envueltos en papel de estraza. Yo no sé quién era Veguitas, cómo se llamaba con todos sus nombres. Ni de dónde vino, ni cuándo murió. Nada más reconozco que se me fue introduciendo como una presencia milagrosa, como el ser que, al vender lo frío, parecía que vendía lo caliente. El vapor de agua que subía desde las neveras engañaba a mi comprensión. Hubiera servido para una adivinanza: qué cosa, no siendo caliente, echa humo. El *durofrío*. De qué lo quiere el niño, preguntaba Veguitas. Y yo, alcanzándole un centavo, le respondía como siempre:

-De mamey.

CRUCIFICADO ENTRE EXPLOSIONES

Como res al bebedero recurren las imágenes de aquella turbamulta desfilando por una calle que llamábamos Paseo -transversal y ancha-, y también los faroles chinos, forrados de papeles transparentes azules, rojos, verdes: vertiginosos círculos parpadeantes en la luz inestable de una vela.

En mi pueblo celebrábamos las parrandas con la misma intensidad comunitaria en el color, la música y el estruendo que en Remedios. Cada año todos los vecinos de los dos barrios, Los Mangos y La Loma, se atareaban secretamente en la confección de carrozas y luminarias para salir a competir entre sí y asombrar al contrario con el exceso y la originalidad de la fantasía colectiva. Eran fiestas genuinamente vecinales. Sin participación de instituciones oficiales. Vi construir en locales cerrados los artilugios que iluminarían las calles, y también el almacenamiento secreto de la pirotecnia —voladores y fuegos de artificio- que clausuraría los festejos en un duelo de explosiones...

Por ello me auto proclamo remediano, aunque ello sea una verdad a medias. Nací en uno de los barrios municipales de Remedios, a 15 kilómetros aproximadamente. Ya he contado que en la parroquia de la cabecera –donde hay una imagen de María en gestación, quizás la única en el mundo- me bautizaron, y mi madre se casó con papá ante el mismo altar donde un tío abuelo materno, fraile franciscano, había rezado sus horas. Y si alguien me lo prohibiera, o me negara el derecho a sentirme remediano, le opondría otros argumentos que presumo incontrovertibles.

Pertenezco a Remedios, en suma, por su cultura, que colorea a poblados cercanos, incluso a localidades más alejadas e insertas en otras jurisdicciones. Y porque tengo en la sensibilidad la huella mohosa e inhibida de sus calles casi tan antiguas como el deslumbramiento de Colón al mojarse las sandalias en las playas de Cuba; calles y callejones por momentos trazados según las curvas que un beodo hubiese estaqueado en su regreso a casa, y que recorrí a paso azorado de la mano de mamá. Y, en particular, soy remediano por un trauma que se ha erigido en fracaso profesional de ciertos psicólogos.

Las parrandas condicionaron esa razón patológica.

Eso, que hoy puedo llamar la artillería, era primordial y decisivo episodio. Las parrandas comenzaron por el ruido. Aquel cura de principios del XIX en San Juan de los Remedios, no halló solución más atinada a su conflicto pastoral que estimular la generación de ruido entre los niños de la parroquia para despertar a los fieles que, remolones o menos devoto, no asistían a las misas de aguinaldo, convocadas desde el 17 al 24 de diciembre al amanecer. Y la muchachada arrastraba al trote cacharros, y golpeaba metales, y gritaba, de modo que el sueño de la prima mañana se espantara. Y a misa. Qué remedio... en Remedios.

Las parrandas, año tras año, fueron divorciándose de su origen litúrgico, y se transformaron en esa festividad de los 24 de diciembre en la que predomina la fineza, el torneado artístico de carrozas y esculturas de plaza, de cartón y madera, que lo mismo remedan la Torre Eiffel que la de Babel, un castillo de *Las mil y una noches* que el *Empire State*. Y la música dispara viejas reminiscencias europeas mezcladas con el embrujo percutiente de lo afro. Pero el ruido primigenio subsiste perpetuado en el estruendo de los artificios de la pólvora cuando los barrios de El Carmen y San Salvador, gavilán y gallo, se baten en una contienda de bombazos de salva.

Aquella vez mamá y papá eligieron para presenciar los festejos una casa amiga situada en el medio de las baterías artilleras de La Loma y Los Mangos. ¿Habrán sido esas mis primeras parrandas? Recuerdo vagamente que las explosiones resonaban en mi pecho como si me lo comprimieran. Atosigado por el humo del bombardeo, apenas pude asombrarme ante el cielo punteado de chispas que caían como estrellas despedazadas. Al llegar a casa, el termómetro casi estalla. Y el niño quedó crucificado entre explosiones. A partir de ahí nunca he podido saber que algo va a explotar. Puede hacerlo de improviso. Mi reacción es normal. Pero que yo no lo sepa, que no me avisen, porque me embalaría en una carrera caótica, pregonando con mi desenfreno que soy el más chamuscado por el esplendor de la cultura de Remedios, ese pueblo que, no siendo el mío, es como si lo fuera*.

*En 2012, me invitaron a Remedios, y me otorgaron, sorprendentemente, el título más preciado de mi vida profesional: el de Hijo ilustre del municipio.

Nieto de isleño

Se me ha subido el isleño. No aquel con quien jugábamos cometiendo una redundancia al llamarlo bruto; más bien el que corretea por la sangre que me trasfundieron mis abuelos maternos cuando desembarcaron en los muelles de La Habana, para continuar la leyenda que con los ariques del trabajo tejieron los canarios desde el siglo XVI.

Ya son escasos, y viejos, los cubanos que repiten el descrédito con que el elemento español recalcitrante y presuntuoso, manoseaba injuriosamente al inmigrante canario durante la colonia. El choteo, la trivialidad, incluso la injusticia, pervivieron a veces en una tradición que, si no por la perversidad, se distinguió por la facultad parlotera de la cotorra. Todavía en mi niñez escuché esta cuarteta: "El gobernador del Cayo/ ha ordenado con empeño/ que quien no tenga caballo/ se monte en un isleño".

Tal vez el fondo de esta animadversión irracional haya sido la fosforescencia rebelde de muchos cadáveres renuentes a morir. El Indio Naborí colectó en la memoria oral esta décima reveladora: "Doce vegueros de acción/ terminaron su destino/ colgados del camino/ de San Miguel del Padrón./ ¡Maldita la explotación/ del Estanco del Tabaco,/ que después de un gran atraco/ sangre veguera pedía,/ pero ha de llegar el día/ que la ambición rompa el saco". Y Martí, con la certeza de la verdad en su estilo, les puso este epitafio: "¿Quién que peleó en Cuba, dondequiera que pelease, no recuerda a un héroe isleño?"

¿Bruto era el isleño, dice usted? Pregunto o me preguntan para poder proseguir esta crónica familiar. Y respondo con lo que sabemos. La canaria Catalina Hernández construyó el primer trapiche productor de azúcar de caña en Cuba. Y más de doscientos años después, un hacendado de origen canario, el conde de Jaruco, don Joaquín de Santa Cruz y Cárdenas, fue el primero en utilizar la máquina de vapor para mover, el 11 de enero de 1797, las mazas del Seybabo, ingenio de su propiedad, y aunque la inversión fracasó, dos décadas más tarde el vapor comenzó a sustituir la energía animal. Ambos, sin embargo, son excepciones, hitos extremos de un curso histórico, porque entre la primera y el segundo, y más acá, el común de los inmigrantes canarios no mezcló su suerte con la fabricación de azúcar, ni con la minería ni la cría de ganado. Se dedicaron a la agricultura menuda y al tabaco.

Afortunadamente aún se conserva el nombre de uno de los primeros canarios empeñados en el cultivo de la hoja mágica. Los fumadores tal vez debían santificarlo y rendirle culto en el humo azulenco que sube a los cielos desde el incensario de un habano. O los fabricantes torcer un puro que perpetúe, en la mejor breva, la identidad del isleño que comenzó a acumular la sabiduría agrotécnica que honra a Cuba y también a las Canarias. Se llamó Demetrio Pela. Y su pericia se desenvolvió bajo el magisterio del indio Erio-Xil Panduca.

También sabemos que no es todo. Porque a la cultura en Cuba suele dársele un origen literario, y para ciertos investigadores parte del Almirante Cristóbal Colón cuando anotó en su Diario las impresiones iniciales que le produjo la naturaleza prodigiosa de la Isla. Y en particular aquella reacción sacramental –modelo de la después tan cubana exageración- de "nunca tan hermosa cosa vido". Podemos coincidir en que es un respetable punto de partida. Pero el canario sentó también su presencia en la cultura en los tiempos iniciales cuando la Isla quería poner, trabajosamente, sobre el cuero exportable de la res, y en el trapiche, o en la vega, el señorío de la sensibilidad.

Silvestre de Balboa Troya y de Quesada, oriundo de Gran Canaria, anunció dentro de estrofas clásicas, los tanteos iniciales de la criolleidad poética, los lances formadores de lo cubano en la literatura. *Espejo de Paciencia* –compuesto en 1608 y estructurado en dos cantos y 145 octavas reales- no es un poema trascendente por su intrínseca propiedad estética. Expresa la incipiente asimilación, la lenta interiorización de la naturaleza y la vida criollas en la conciencia social de la Isla. Y perdura como acta del alumbramiento del diccionario autóctono de la flora y la fauna de Cuba.

Demetrio Pela, maestro del veguerío tabacalero, y Silvestre de Balboa, el primer criollo con paciencia bastante para escribir un poema tan largo, conversan sobre aquel descrédito moral e intelectual echado encima de los isleños. ¿Brutos nosotros, Demetrio? Y mientras Silvestre caza un verso sobre una hoja de yagruma, Demetrio lo envuelve en el humo del futuro "cazador" que enloquecerá al mundo, aunque yo, uno de sus nietos, no fume.

Caído ante el mejor

Estoy de luto. Ha muerto Lazslo Papp. Y aunque no era mi pariente ni mi amigo, ni soy húngaro ni boxeador, he puesto un crespón en mis recuerdos. Fue el primer personaje célebre a quien mis preguntas de periodista intentaron noquear, hace algo más de 30 años.

Entonces -recién llegado al *Semanario LPV-* yo empezaba a aprender los laberintos de la expresión periodística y, junto con esa faena misteriosa, incierta, encaracolada, tenía que especializarme en la información deportiva, además de competir con varios nombres ya esculpidos —con ele, no sin ella, atentas correctoras- en el crédito del público: Mastrascusa, Quiza, Capetillo, Salmerón... Cinco, si sumo a Edel Casas.

Lazslo Papp vino a La Habana en 1974, como entrenador de la escuadra húngara que compitió en el primer campeonato mundial de boxeo. El director de la revista me encomendó entrevistarlo. Agradecí la confianza. Unos días antes había vuelto con los hombros caídos del fracaso, luego de afrontar a un campeón llamado Kid Chocolate. Lo había visitado muy temprano en su casa del Parque Japonés; me atendió cortésmente formal. Lo entreveo aún con el pecho erguido, el cuerpo aflautado, testimoniando, entre los despojos de los años y el maltrato de una fama viciosa, que su anatomía había sido modelada una vez por la perfección. Vestía un pantalón oscuro sujeto por tirantes y una camiseta sin mangas. Me dijo: Espéreme en el portal. Y me senté. Transcurría la hora del desayuno. Cerca del mediodía, un adolescente salió y me comunicó que el Kid no podía conversar conmigo, porque estaba todavía recitando sus oraciones.

En fin, me dejó tirado en la lona, antes de pelear.

Pensé que con Lazslo Papp la suerte sería un árbitro oportuno. Lo hallé en el parque Martí, durante una sesión de entrenamiento. Me le acerqué con la misma devota actitud que a Chocolate. Ningún aficionado a los deportes olímpicos, aunque el boxeo no lo apasionara, podía ignorar que Papp era entonces el único deportista cuyo palmarés inscribía tres medallas de oro en tres olimpiadas sucesivas, en la división de los 71 kilogramos: Londres, 1948; Helsinki, 1952, y Melbourne, 1956.

¿A dónde orientará sus ojos el peregrino que llega andando sobre sus emociones a Jerusalén, o a Roma, o a Moscú? Ineludiblemente al Gólgota, o a la basílica de San Pedro, o hacia las cúpulas bizantinas de San Basilio, buscando la Plaza Roja, símbolos y evidencias de su fe. Yo miré el rostro de Lazslo Papp, signo a mi parecer de la historia de cualquier púgil. Ancha, redonda, con un matiz de bonhomía, pero sobre todo limpia, llana. No aprecié ninguna cicatriz, hueco o abolladura que atestiguasen de sus 500 combates en el boxeo amateur o de los 28 en el profesionalismo.

¡Un maestro de la esquiva!, pontifiqué.

Y al preguntarle – pregunta clásica- cómo había conquistado tanta hazaña, explicó que su esposa Elizabeth había sido su segunda entrenadora. Quizás la primera, porque ella vigilaba que el campeón no fumara, no bebiera, ni se excediera en la placidez de la gloria. Pregunté – como era previsible- por qué se inclinó por el boxeo. Por necesidad, alegó. Quise evitar que, de niño, los muchachos del barrio me golpearan impunemente. La tercera pregunta buscó su preferencia entre los peleadores de aquel momento.

-Teófilo Stevenson –decidió sin meditarlo.

Bajé la vista hacia mi libreta de notas. Papp se encimó y al percatarse de que mis preguntas semejaban una planilla tan larga como las hojas clínicas, me advirtió mediante el intérprete que no más. Y alzó las manos en señal de parada.

-No tengo tiempo.

Y allí quedé: nuevamente tirado sobre la lona. Pero dichoso por haber caído ante Lazslo Papp. Comprensible mi luto...

LA TRASTIENDA DE UNA BOTELLA

Presilla era del carajo, como suelen decir los cubanos cuando la lengua no alarga un calificativo exacto para definir totalmente a un hombre. Casi invalida mi experiencia profesional, y yo no me hubiese consolado, ni convencido a mis jefes, con la justificación del aprendizaje.

El ingeniero Demetrio Presilla era un personaje contundente. Original. Apenas explorado por la prensa. El cine y la televisión ya habían difundido su mérito como ciudadano e ingeniero en una película titulada *Polvo Rojo* y una telenovela nombrada Lengua de pájaro. En los primeros años de los 1960, logró a solicitud del Comandante Ernesto Guevara, ministro de Industrias, poner a ronronear la procesadora de níquel que los norteamericanos edificaron por esa época y que habían sellado al llevarse planos y fórmulas. El secreto despojaba de la sonoridad fabril a aquella maquinaria nunca utilizada, sita en Moa, entonces un pueblo casi desierto, aburrido, como un caserío del lejano Oeste, aunque ubicado en el oriente de Cuba y con menos caballos.

En 1987, Presilla se ocupaba allí, por segunda vez, de descifrar una planta nueva y su tecnología, en particular los hornos donde nadie lograba armonizar el fluido y la llama. Después de insistir en que quizás él podía colaborar, alguien se acordó de su pasado y le encomendó intentar el reajuste del fuego. Decidí entrevistarlo, para aprovechar su reaparición en los aires públicos a los 72 años. Al mediodía, lo esperé a la puerta del comedor. Me le presenté. Tuve que levantar la cabeza para mirarlo; él, la bajó para mirarme. Oyó mi solicitud. Y me dijo con voz como tronada desde un cañón:

-No doy entrevistas. Los periodistas solo hablan de historias antiguas.

Argüí que no le recordaría el pasado, que hablaríamos de sus conceptos sobre la vida, la moral, el tiempo... Miró hacia los lados, repasando el paisaje de hierros, tanques, chimeneas, escalerillas. Y accedió, pero me recibiría al día siguiente, a las 7 de la mañana, en su casa de Nicaro, 90 kilómetros hacia el noroeste.

A las 7, después de madrugar desde las 4, me senté en su portal. Se sorprendió al verme.

-¿Qué hace aquí?

-Usted me citó.

-Sí, pero ahora no puedo. Voy a trabajar en mi tierra. Estaré de vuelta a la una.

El tiempo me rindió para averiguar que su tierra, una especie de huerta o estancia, se la había propiciado el Che para que ese hombre racional, práctico, aparentemente hermético o altanero, reprodujera en la agricultura, como creía, el proceso de la vida, y descansara creando, como los clásicos. También releí *Adiós a las Armas* bajo tres árboles que dibujaban un estable crepúsculo frente a la casa del ingeniero. A la hora prometida regresó, y golpeó airado, con el pie, uno de los dos escalones que alcanzaban el portal. Mi presencia, y con ella mi insistencia, parecía disgustarlo.

-A ver, qué usted quiere. Solo tengo un cuarto de hora libre.

Obtuve, sin embargo, la entrevista. Dos horas más tarde admitió que yo le había dirigido las preguntas más interesantes de cuantas le habían presentado alguna vez. Usted exagera, embanderé mi modestia. No se entusiasme, advirtió. Falta que usted no me traicione convirtiéndome en un desconocido para mí mismo.

Hablamos también de historia antigua. Del Che Guevara recordaba la mirada, que taladraba. Nadie podía mentirle sin ser descubierto. Presilla, a su vez, prefería morir antes que maltratar la verdad. Ni toleraba divorcios entre él y sus subordinados. No le importaba que su nombre exhibiera dos o tres títulos de universidades norteamericanas y que leyera a Shakespeare en el inglés original. Con sus ayudantes, obreros sencillos, compartía la mesa, y la habitación cuando la distancia exigía albergarse en casas de tránsito.

Uno de ellos fue el que me insinuó la forma de doblegar su negativa. En el fondo es blando, dijo. Y, fíjese, le gusta el ron.

Aquella tarde, cuando el ingeniero pretendió despacharme en 15 minutos, extraje del bolsillo trasero una botella de Legendario, que la revista *Bohemia* todavía no me ha pagado. La coloqué

sobre la mesita del portal. La miró genuinamente sorprendido. Y eso, preguntó. Nada; me
gusta beber mientras converso con mis amigos.
Su boca se abrió balanceándose entre la morda-
cidad y la inocencia, y en voz tan alta como su
estatura, pidió a su esposa, negra que contras-
taba o completaba la piel rosada del marido:

-¡Herminia, vasos y limón, que ahora sí tene-
mos tiempo.

EL FRACASO

No comprendo por qué ciertos entrevistados tiemblan ante un periodista. Un funcionario bancario que durante dos décadas sirvió desde Cuba como agente secreto de la contrainteligencia cubana en la CIA, me confesó hace muchos años, sentado rígidamente en el sofá de su casa, que sentía más miedo frente a mí que cuando conversaba con un oficial de Langley en una habitación de cualquier hotel en Madrid o Roma. Y allí un error en su doble seudónimo de agente encubierto podía haber aspirado al premio inconsulto de un balazo.

¡Si supieran que también los periodistas nos acercamos con temor! Y es miedo de la misma prosapia. A un entrevistado lo asusta la dimensión de las preguntas y quedar a ras de las rodillas en las respuestas. Al entrevistador lo aplana la misma aprehensión, pero al revés, aunque en apariencias sea él quien se apoltrone en la butaca del privilegio.

Aún experimento cierta flojera, alguna desazón, a pesar de que he pasado la mitad de mi vida tratando de provocar lo más agudo en hombres o mujeres. Pero nunca me sentí tan desamparado que cuando me ordenaron hacer mi primera entrevista. En mí influía, además, la timidez, espantadiza reacción que hasta los 20 años

69

me obligó a hablar en verso, porque la tartamudez me trababa la sintaxis regular, y para zafarla de aquel sofocón debía invertir el orden de la frase. Si iba a decir: cuando yo era pequeño, tenía que pronunciarlo como en un verso octosílabo, más o menos: cuando pequeño era yo.

La práctica fue lubricándome la lengua. Y con el tiempo pude acometer encomiendas que sometían a riesgo mi honor profesional. Quiero emplear una imagen exhausta, pero certera. El periodista es un soldado especial: nunca debe regresar fracasado. En una ocasión –hallándome en Puerto Rico- entre mis tareas destacaba entrevistar a cierto personaje norteamericano. El hombre, evasivo, inconquistable, estaba decidido a obtener una prueba de mi incompetencia. Alguien me avisó:

-Está en la playa, solo.

Dejé el vestíbulo del Caribe Hilton, y me convertí en una visión escandalosa entre centenares de personas casi desnudas. La arena se ingería en mis zapatos, y la brisa me ensanchaba los pantalones. El norteamericano nadaba cerca. Me acuclillé a orillas del agua.

Yo no sabía hablar inglés... Si el personaje hubiera sido Dante quizás no me habría introducido en el infierno, porque nos hubiéramos entendido. El creador del idioma italiano me habría otorgado el mínimo de 60 puntos que me gané en la *Abraham Lincoln* de La Habana al examinar finalmente esa lengua que es, para mí, la de la pasión: en giros italianos el insulto suena como en un aluvión, y el amor vibra más enfático.

Noté el desconcierto de mister Davis. Él, con el agua a media pierna; yo, con la libreta abierta para... resumir una entrevista muda. Obré prestamente. Pasó un bañista.

-Por favor, tradúzcame...

Y acerté. En Puerto Rico el castellano es un habla colonialmente subordinada. En los baños se lee *Gentlemen*, *Ladies*, y abajo, como alternativa secundaria, Caballeros, Damas.

Mi primera entrevista fue, sin embargo, un chasco. Poco antes había ingresado como aprendiz en una redacción. Debía interrogar al jefe de una delegación deportiva panameña. Después de una década de separación –obvio, por conocida, la historia-, Panamá empezaba a reencontrarse con Cuba. Era una nimia entrevista informativa.

Lo busqué en el hotel: no estaba; tampoco en un restaurante turístico de La Habana Vieja. En el palacio ecléctico que en el paseo del Prado accedía entonces a servir como centro de entrenamiento de esgrima, me informaron:

-Es aquel.

Saludé. Y olvidando detalles esenciales, desenvolví apresuradamente mi cuestionario. Al marcharme, ya menos tenso por lo sencillo que había resultado el trance, le pregunté a modo de confirmación:

-¿Usted es Cristóbal Díaz?

-No; yo soy Celestino Ordóñez.

VIEJO CONOCIDO

Después de la muerte de Enrique Pichardo deduje que hay amigos imprescindibles. Plantan su tienda tan cerca que cuando desaparecen uno queda como esos árboles podados en calles y parques: hecho un múltiple muñón deshojado. Y con los amigos me ha sucedido algo muy peculiar, casi antinatural: la mayoría me ha doblado o triplicado la edad. La amistad, como el amor, se da o se niega, y los mayores me han favorecido más que mis coetáneos. Quizás junto a mí los viejos se sintieron jóvenes; los jóvenes, viejos.

Pichardo me era imprescindible, sobre todo cuando yo publicaba algún artículo en Trabajadores. Esperaba su llamada para oírle el parecer. Equivalía a la confrontación suprema. Mi contrapartida. Si le agradaba, yo notaba por el teléfono una sonrisa de placer que él encubría bajo el cuello de la camisa. Si no le satisfacía, se ceñía a comentar: está raro. Y esa frase exigía convocar el rigor, la autocrítica y la perseverancia en oficio tan desgarrador y escurridizo.

Quiso escribir. Y parecía que un hombre que hablaba tan fluida, sensata y sensiblemente podía domesticar el orden y el ritmo de la escritura. Siendo contador del entonces central *Hersey*, iba todos los días de Matanzas al ingenio en el tren eléctrico airándose el alma con el pasaje del valle del Yumurí y el lomerío de Canasí y Jibacoa. Es aún un viaje lento, de paradas cada kilómetro y medio, apto para personas sin prisa, seguras de que llegarán a la hora fijada. Y, por tanto, apropiado para leer o meditar. Pichardo se empeñó en componer un poema a un algarrobo solitario. Nunca pudo.

La literatura, sin embargo, nos acercó. Si yo no apreciara al mexicano Alfonso Reyes, entre otros obras, por su ensayo *Visión del Anahuac* o su teatral *Efigenia cruel*, tendría que estimarlo porque gracias a él conocí a Pichardo. Yo, muy joven, acababa de llegar a la delegación provincial del Ministerio de la Industria Azucarera en Matanzas. Timidez. Embarazo. Lo habitual en el recién instalado en barrio nuevo. Un mañana, durante la merienda, oí a aquel viejo comentar un libro de Reyes. Yo estaba detrás en la cola para comprar un pan con croqueta y un refresco. Y pensé: ese puede ser mi amigo.

Aparté mi cortedad. Desbrocé su aparente aspereza, que era solo ternura blindada. Y en los atardeceres, cuando las oficinas se nutrían de un silencio conventual, Pichardo y yo nos quedábamos solos. Se estiraba en su silla giratoria de contador jefe, y formulaba cualquier pregunta. ¿No te parece que Albert Schweitzer pudo haber sido más útil solo como intérprete de la música de Bach que de filántropo en África? Mientras, el terral, que volaba hacia la bahía, nos saturaba de laxitud.

Con él los temas surgían diversos, espontáneos y numerosos. Se relacionaban con la cultura, la poesía, el arte, asimilados en decenas de libros anotados, meditados, refutados. Alguna vez introducía una anécdota amorosa, o un juicio sabio, definitivo, pero sobrio, sobre la mujer. O un episodio de su vida. Se carteaba con escritores y periodistas. En cierto momento, en la década de 1940 le criticó a Raúl Roa la actitud que el autor de *Tiene la palabra el camarada máuser* había asumido entonces. Roa le respondió explicando su posición de francotirador. Y Pichardo le devolvió la misiva con una acotación que en su filosa brevedad equivalía a todo un aparato conceptual: ¡Al carajo! Roa, articulado con los mismos alambres de agudeza y explosividad, debió sonreír.

Recuerdo con precisión una de nuestras últimas conversaciones dos o tres semanas antes de él morir. Ya jubilado, vivía en la capital. Y mi cabeza había perdido parte de su techo. Se lamentó de que estaba inconforme con el saldo final de su existencia. Que pudo ser y no fue nada. Mi carácter me estorbó. Yo, que lo conocía con el afecto, creía que ese carácter era su más excelsa conquista. Moralmente incorruptible. Filo contra las complicidades. Punta contra el abuso. A ese carácter le temían los americanos del *Hersey*... Tanto le pagaban por su eficiencia que percibía un sueldo superior al jefe del departamento de contabilidad. Pero no lo ascendían. Preguntó. A usted no lo podemos manejar, dijeron.

Waldo Medina, su amigo y coterráneo de Sidra,

ejercía de juez en Santa Cruz del Norte, cabecera del municipio donde se emplazaba el central. En las elecciones de 1940, era presidente de
la Comisión Electoral. El general Fulgencio Batista ganó en todo el país, salvo en Santa Cruz.
El juez, que alcanzó posteriormente crédito de
justo e insobornable, en una sociedad sin justicia
y con predominio de intereses privados, no toleraba el fraude. Para impedirlo colocó en los cole-
gios a hombres de músculos y mandarrias en la
conciencia. Pichardo fue uno de ellos. Allí vota-
ron solo los vivos. Una sola vez.

Con esa historia, yo hubiera muerto alegre, colmado. Pero se juzgaba severamente. La humildad le era dañinamente afín. Tal vez la tendencia a disminuirse le provino de una experiencia
estudiantil. Examinaba zoología en el bachille-
rato. Y en el tribunal figuraba don Carlos de la
Torre y Huerta, antropólogo y malacólogo. Basta
apuntar el nombre para evocar el crédito univer-
sal del científico. Pichardo sacó una bola del
bombo –los exámenes se asemejaban a la lote-
ría-. Y al conocer el tema la petulancia se le colgó
de los labios. Lo que yo más sé, dijo. Y desem-
bridó cuanto sabía. Don Carlos, tal vez para
bombardear la vanidad juvenil, le dijo: Joven,
está aprobado, pero le faltó decir esto y esto y
esto, y aquel doctor empezó a decir tantas cosas,
Luis, que yo me fui poniendo pequeño, pequeño…

.

PICADILLO

Debo al periodismo, entre otras experiencias deslumbradoras, el haber conocido a personas de plenitud de excepción... Si la letra impresa no hubiese estado delante hubiera yo perdido el privilegio de saber que existen seres como Oscar Gil en Ciego de Avila, Luis Formigo y Felina González en San Cristóbal, Xiomara y Pedro de Celis en Sandino, Héctor Fraga en Bauta...

A Héctor Fraga le veía desde mi adolescencia la identidad facial a través del vidrio del televisor. Lo admiraba, pero no lo conocía con la certeza de un cajero cuando cuenta o cambia dinero. Un día de 1992 ó 93, alguien me llamó telefónicamente a *Bohemia*.

-Oye, Luis Sexto, soy yo, Héctor Fraga...

-¿Fraga?

-Sí, yo, Picadillo. Te llamo para decirte que te leo.

El honor, por supuesto, era para mí; no para él. Fraga tenía ya su historia hecha, y su nombre se engastaba en el tablero lumínico de la Televisión Cubana, con un estilo de animación desenfadado sin desparpajo, informal sin chapuzas, simpático sin necedad, chispeante sin groserías. Criollo y culto. Desde el saco desabotonado hasta la sonrisa pícara se configuraba un cubano inserto en una tradición artística que a ninguna escuela

tenía que copiar, porque sobraban entre nosotros modelos y maestros. Como él.

Y honor fue también para mí que el viernes 18
de julio de 2004 me invitaran a participar en el
homenaje, conservado en secreto, que sus compañeros del ICRT y el Gobierno y la dirección de
Cultura de Bauta le rendirían por su cumplea-
ños setenta y cinco. Llegado el acto, nadie había
previsto colocar a mano una palangana con agua
fría. Casi hubo que darle un baño de pie a Fraga
cuando entró en el teatro municipal y se topó con
el recinto colmado de vecinos –residía en el Pueblo Textil, junto al lecho seco de la laguna de Ari-
guanabo- y un grueso grupo de amigos y anti-
guos compañeros de trabajo.

Resultó un fogonazo. Delante de él estaban María de los Ángeles Santana, Fernando Alcorta,
Mongo P, Darío Carmona, Luis Orlando Pan-
toja, Ángel Larramendi, Alberto Luberta. En
fin, cinco mil años lo contemplaban y le cantaban felicidades. Tal vez con la excepción de Te-
resita Segarra, Aida Isalbe, Maríalina Grau,
Guille Vilar, Teófilo Stevenson, Fraga resultaba
el más joven de aquella banda de arte y señor y
mío.

Muchos hablaron. Contaron anécdotas o expre-
saron deseos de que el festejado cumpliera 100
años más y todos juntos los celebráramos.
Mongo P leyó una décima cuyas rimas más so-
bresalientes fueron "cordial y leal". Esos dos ad-
jetivos, en resumen, componen el perfil caracte-
rológico de Fraga. Lo sé. Porque desde aquella
llamada que nos ligó, he sido su amigo, y lo he

visitado en su retiro rural donde, además de Lilian, su esposa, lo acompañan los libros.

A veces se me va el atrevimiento y lo llamo Picadillo. Como sus amigos más viejos. Y él ríe. Como le es habitual. Dicen que lo sobrenombraron así cuando, en épocas de café con leche a cinco centavos y cama gratis en los parques, este guantanamero integró en la capital un dúo que se llamaba Salsa y Picadillo. Él era el picoteado. Pero admite qué sí, que es Picadillo, porque se trucida, se hace talco, para darse en afecto a los demás.

Lo mejor de la historia es que algunas veces quienes la hacen también la cuentan. Y yo, que no merezco mucho, porque no he hecho mucho, experimento que la vida suele derivar hacia la gracia cuando uno envejece junto a tanta gente singular. Conociéndola y queriéndola.

Solo por ello ha valido el esfuerzo de pasar por periodista.

LIBRERÍA DE VIEJO

Los golpes de la pata de marfil del Capitán
Ahab resonaron durante muchos días en mis impresiones. El enigmático marino paseaba por
cubierta reconcentrando su odio hacia la ballena
blanca. Tac. Tac. Tac. Acababa yo de leer a
Moby Dick. Cumplía entonces doce años. Y el libro lo había ganado por mis notas de cuarto
grado en la escuela pública de Rancho Boyeros.
Me acuerdo vivamente de aquel día del verano
de 1957.

Recuerdo ese tiempo en particular por que una
tarde, cuatro meses antes, salimos del aula
aprisa y a deshora. Combatientes del Directorio
Revolucionario habían atacado al Palacio Presi-
dencial en La Habana. Por ello, cuando subí a
un ómnibus de la ruta 31, vi en el asiento lateral
junto al chofer a un guardia rural que, con el
Springfield largo y temible apoyado en el piso,
miraba con suspicacia a los nuevos pasajeros.

Aquel día de fin de curso mi maestra me pren-
dió una medalla en el lado izquierdo de la camisa, me entregó un diploma de reconocimiento,
y luego un libro con portada de trazos y colores
juveniles y abundantemente ilustrado en el interior. Me besó. Y salí. Pero no sé aún qué deseos
me detuvieron. Me arranqué la medalla, regresé
a la escuela, y le pedí a Agui Loynaz –la maestra

79

de pelo largo y negro como una capa, y ojos ador-
milados como en una siesta perpetua- que la fi-
jara otra vez en mi pecho. Me volvió a besar. Y
quizás adivinando oscuros móviles de adulto en
aquel acto infantil, me dijo: "Tú volviste por otro
beso." Y era verdad.

Moby Dick, en fin, fue el primer libro que tuve
y leí.

No lo conservo. Y me pesa. Me alimento también de objetos que simbolizan un suspiro renuente a diluirse en el aire. Me ocurre con mis
libros. Algunos me acompañan desde los 16, incluso los 14 años. Y puedo por sus títulos convocar días cruciales de mi existencia. Leí a Juan
Cristóbal a los 20. Entonces me rebelaba contra
una educación inflexible, quietista, desgarra-
dora, cruz y raya, peso y límite. Y leí a *Adiós a
las armas* cuando afrontaba la primera inevitable frustración de amor. Con el último párrafo
me acometió una punzada en el costado cordial
del pecho, quizás por la intensidad emotiva del
final, o porque yo, al igual que el teniente Henry,
me despedía de la mujer amada como si dijera
adiós a una estatura.

A mamá le inquietaban aquellos libros que
poco a poco iban congregándose en la sala. El
polvo. Las cucarachas... ¡Hijo! Y le angustiaba
mi desaforado apego a la lectura, sobre todo los
domingos cuando las sesiones comenzaban a la
misma hora que los programas infantiles de la
televisión. Temía que yo enloqueciera.

¡Mamá! ¡Qué cosas!

Ella desconocía que la locura de los libros es un

empezar a ser cuerdos. Solo cuando uno está loco así, intenta ordenar lo revuelto. Fíjate en don Alonso Quijano. Perdió los frenos leyendo. Y salió disfrazado de héroe a vengar improperios, a devolver palizas. Y a convertir aldeanas en princesas. Ese acto de trocar a Aldonza Lorenzo, perfumada con ajo y humo de cocina pobre, en una señora de castillo y caballero, me parece la gesta estelar de Don Quijote. Reivindicó el ideal. Salvó la magia del sueño. Descabezó diferencias. Porque lo común es que no haya hombres dispuestos a ser magos. Ni mujeres dispuestas a mudar de vestido en la copa de un sombrero.

Ya mi biblioteca reclama un inventario discriminador. Pero intuyo que no podré. No me alcanzaría el local de acero que previó construir el explosivo y acidulado Giovanni Papini en su *Libro negro*, para preservar la cultura humana de una demolición atómica. Ni sabría responder qué títulos echaría en la mochila si me enviaran a una isla desierta con capacidad para diez volúmenes.

Mis libros representan momentos, suspiros, que deseo memorizar mediante el fetiche palpable de un objeto. Y tengo otra razón para que mis libreros permanezcan atestados. La descubrí recientemente. Mi hijo mayor y ya único, registrando en la oscuridad, topó con los siete tomos de *En busca del tiempo perdido.*

-¿Los leíste? –preguntó.

El titubeo fue veloz, micrométrico. Vinieron en alud tantas lecciones de locura. Y fui consecuente: no mentí.

81

-Todavía no he pasado del cuarto. Los demás esperan su turno.

¿NOMBRE O SEUDÓNIMO?

Lo volví a ver ayer en el escaparate con ínfulas de almacén donde echo la papelería fuera de servicio o la que esperar servir alguna vez. Fue mi seudónimo por un tiempo, y con él intenté dar propiedad a aquellas cuartillas escolares entre las cuales había unos versos a la romántica y una semblanza de Manuel Acuña, el poeta mexicano a cuyo suicidio José Martí comentó que una conciencia limpia valía más que el amor de una mujer.

Lo inventé a los 18 años. Y yo no sabía entonces qué mueve a un escritor o a un artista a inscribirse con un seudónimo en el arte, la literatura, el periodismo. Intenté responder la pregunta mucho tiempo más tarde en una nota difundida por Prensa Latina a propósito de Gabriela Mistral. Y alegué que quizás en el hecho de borrar con otro apelativo el recibido sin previo conocimiento, ni consulta, interviene un brumoso afán de expresar nominalmente el yo que uno desea ser y sustituir al que siente no ser.

Era una tesis somera que explicaba el trueque de patronímicos mediante razones de inconsciente. Me parecía que cualquier fisgoneo en los móviles de un artista y de un creador literario debía introducirse en lo recóndito de la sensibilidad y despejar el entramado de intuiciones,

83

rasguños, acumulaciones secretas del vivir que concierta y desflora el imperativo poético.

Ahora sé que el problema puede ser menos complicado. La observación me ha convencido de que el maquillaje publicitario influye significativamente en la adopción de un seudónimo. Porque hay nombres que no tienen raíz para engarfiarse, y el artista, el creador, cambia o transforma su Juan Bautista Poquelin en Moliere, su Lucila Godoy en Gabriela Mistral, su Charles Romuald Gardes en Carlos Gardel, su Norma Jean Becker en Marilyn Monroe, convocando así la eufonía, la rotundez que inviten al contacto con un libro, una obra de teatro, una película.

Tuve un amigo que, por el contrario, no quería agradar, ni atraer; quería protestar contra el periodismo despersonalizado que le obligaron a hacer. Y eligió el anónimo como seudónimo: no firmaba. Era un talento de originalidad sigilosa, comedida. Y si un seudónimo hubiera amparado su identidad habría sido Cero: esto es, nadie.

Los seudónimos abundaron en Cuba con la copiosidad de las palmas entre la gente de letras. Actualmente no. Al parecer nadie los necesita. Porque somos más sinceros, o más diáfanos o más sencillos, y portamos un mal nombre con la misma dignidad que una alopecia. Elías Entralgo, que con tantos aciertos topó en sus estudios sobre la cultura cubana, afirma que un diccionario hoy desconocido acopió dos mil 378 seudónimos. Lo sorprendente es, sin embargo, que al menos solo cuatro traspasaron el techo de su instante para sobrenadar en las claridades de la posterioridad y anular el nombre legal de sus autores. Tal vez pocos cubanos sepan decir cómo se llamaron el poeta Plácido, el publicista El Lugareño, el periodista Justo de Lara y el alimonado polemista Fray Candil.

Entralgo considera que en la elección de un falso nombre operan dos causas: timidez del carácter y el instinto de conservación. O se teme aparecer en escena por pusilanimidad. O se cuida uno la cara de cualquier ladrillo que vuele a ajustar cuentas por lo que se publica o se exhibe. Falta por decir que quizás ahora no los usemos, porque somos más valientes o... más descarados.

¿Yo a qué temí? No puedo determinar si en mí mayoreaba la timidez, o el miedo, o la tradición, o la conciencia de que mi nombre no era lo suficiente atractivo. Lo cual me parece en este instante un simple asunto de opinión. Pero para concluir algo tan práctico tuve que afrontar la verdad que ridiculizó mis más severas creencias. Después de un extenso juego de combinaciones, escogí a Felipe Sarduy. Registré la guía telefónica: no recogía ningún suscriptor homónimo. Y lo estampé como respaldo de mis escritos novicios e inéditos. Pero más adelante me enteré que un pelotero flemático, seguro, potente, empezaba a convocar con ese nombre el alarido en los estadios de béisbol. Renuncié a mi seudónimo. Desistí incluso de inventarle un sustituto. Me conformaría por el momento con el santo y seña que inscribieron mis padres en el Registro Civil. Con mi identidad legal llevé un primer artículo a una revista. El jefe de redacción pasó la última cuartilla; limpió los espejuelos. Y esperó unos instantes como para otorgarle desventaja a mi ansiedad, en una técnica que caracteriza a los que abusan de su poder. Al fin dijo:

-Está bien. Pero fírmalo con tu nombre, porque Luis Sexto debe de ser un seudónimo, ¿no?

MEA CULPA

Adelanto mi testamento, y como nada dejo, pido... Pido perdón a mis lectores por las veces en que inconscientemente les falseé un dato, un detalle sin que ellos –ustedes- se percataran de mi pifia.

No es tanto, sin embargo, el dolor por esas fallas. Los errores periodísticos, o literarios, son quizás los únicos que se pagan con una sonrisa al ser recordados. Lastiman sin sangre y brevemente. Y con el tiempo van revelando un filón humorístico que fundamentaría más de un libreto de televisión. Diría, extendiéndome, que una sonrisa es la mejor escoba contra los sedimentos de culpabilidad que amontonan los errores. Una sonrisa comprensiva que nos acepte como seres frágiles, falibles, capaces por igual de la trascendencia olímpica y del tropezón en la acera.

Propongo por ello un arrepentimiento autotolerante para evitar que nos depreciemos sufriendo por lo irremediable. Irremediable de cualquier modo: en el anverso o el reverso. Porque en mis actos o mis decisiones cruciales no solo me arrepiento de los errores en los que incurrí; me pesan también los que nunca cometí. Alguna vez deseé meter la pata, chocar contra la pared, desafiar la incertidumbre. Y preferí detenerme en la

87

zanja que separa al inocente del pecador.

Pero nunca quise equivocarme profesionalmente. Ninguno de mis colegas tampoco ha calentado la intención de errar. El crédito. El orgullo... Aunque la historia interna de la prensa prestaría información para un volumen de pifias que resultaría más interesante que cualquier periódico, porque no reflejaría la desolación de un mundo desequilibrado, injustamente distribuido, con el matonismo de barrio convertido en diplomacia y política. Presentaría más bien a los lectores una faceta menuda, humana, ridícula de la vida, con todo cuanto de hilarante, consolador, tiene el vernos en un juego cuyas consecuencias nunca serían definitivamente trágicas.

No me disgustaría leer otra vez esta joya del disparate. La publicó un periódico cubano unas seis décadas atrás. La nota reportaba un accidente de tránsito. Y en una línea del segundo párrafo decía aproximadamente, según recuerdo: "El occiso llegó a la casa de socorro al parecer cadáver y con un diente de oro." O esta, aparecida en un rígido, puritano y millonario diario, también antes de 1959. El periódico informaba el duelo de una señora de las "clases vivas" que entonces se convertía en "la resignada viuda de"... Y el texto trastocaba las letras *ge* y *ene* de modo que el nuevo valor semántico del adjetivo en errata, aunque exacto por razones obvias, era una obscenidad en el castellano de Cuba, y también de alguna otra parte. Eso también ocurrió con un general de caballería que cargó en cierta batalla del XIX, pero al verbo le omitieron la *ere*, y el avezado militar en vez de *cargar* y exponerse a derramar su sangre, parece que estropeó la montura con otro fluido menos glorioso y en situación tan inoportuna.

Todos esos dislates tuvieron arreglo. Quizás una nota aclaratoria. O tal vez, el tiempo echó al olvido errores que si lograron ofender, generaron mayoritariamente la risa con su ridícula virtud. Sin embargo, a los periodistas no nos llega de inmediato el perdón. Hay que pasar por cierta temporada de tortura; someterse a la crítica, al reconcomio. Incluso pueden descontarte parte del salario. O despojarte de los estímulos monetarios del mes. Contradictoriamente se nos niega la natural debilidad de la especie. Y somos, ¡si no lo supiera yo!, tan febles como el barbero que tijeretea sin tino en un momento de cháchara, o el empresario que compra una barredora de nieve para una ciudad tropical.

Existen errores que aunque los lectores achacan al periodista, pertenecen a los correctores. Son las erratas. Pero el nombre del que firma asume la culpabilidad. José Martí llamó al corrector "mi invicto amigo". Nunca yerra. Otros equívocos requieren del psicólogo para explicarse. No se les encuentra causa ni en el descuido. Tal vez influya en ellos la soledad. ¿Habrá escrito alguien sobre la soledad del periodista? García Márquez anticipó una tesis que todavía no he visto exhausta: el oficio de escritor es el más solitario del mundo. Y el periodista —escritor constantemente apremiado- usa por instantes la compañía, la colaboración. Luego se ubica solitariamente ante la máquina de escribir o el ordenador, artefactos carentes de solidaridad.

Ah, la soledad del periodista. Una noche, como jefe de turno, cerraba yo la primera plana. Nadie permanecía en la Redacción. Hasta la teletipista se había ido a principios de la madrugada. Antes de autorizar bajar a imprenta la *primera,* que era la última página en salir del taller de composición, revisé los teletipos para que la posible noticia de *última hora* no se echara a dormir sobre mi indiferencia. Y de pronto, lo supe: mi amigo Ricardo Vázquez, poeta de décimas afiladas como una rosa, historiador y crítico, había fallecido en Matanzas. El teletipo proseguía en su martilleo incomprensible e indiferente. Y yo me vi entonces como una pelota diminuta que rodaba sobre la desolada piel del planeta. Eso, según contó el periodista Félix Soloni, le ocurrió al hijo de Alfonso Hernández Catá, cuando al ojear los cables leyó el *flash* informativo sobre la muerte de ese escritor, embajador de Cuba en Brasil, durante un accidente aéreo en Río de Janeiro. Pero el vino puede ser aún más ácido. Al morir a destiempo, Mario Rodríguez Alemán, cuyo nombre evoca a un polémico pero honrado e incontestable crítico cinematográfico, me correspondió redactar el cable para los circuitos de Prensa Latina, junto con Jorge Garrido, igualmente consternado. Era nuestro amigo. Y aquella nota aparentemente impersonal, debió de haber trasuntado la contenida humedad de nuestra pena solitaria.

Quizás la soledad determinó uno de mis errores más escandalosos. O tal vez la prisa. Aún me
pregunto quién trasplantó a mis cuartillas o a
mis dedos un nombre extraño cuando en mis notas estaba escrito el correcto. Fue en la entrevista con Humberto Vela Rodríguez, *Machito*,
posiblemente el más sabio conocedor de los murciélagos en Cuba detrás del doctor Silva Ta-
boada. Lo peculiar de su mérito estriba en que
parte de cuanto sabía lo aprendió en el tiempo
libre que le proporcionaba su empleo de canti-
nero en el bar del central Marcelo Salado, en
Caibarién.

Yo lo avecindé en el Obdulio Morales, en Yaguajay. Distante 30 kilómetros de allí por la
misma costa norte. Y los lectores del Marcelo Salado se ofendieron por haberles quitado su gloria
local. Y también los del Obdulio Morales, porque
cuando fueron a conocer o reconocer a aquel *bar-
man* portentoso y anónimo, no lo hallaron. Y sobre la revista donde trabajaba y encima de mi
desconcertada responsabilidad echaron un juicio inmerecido: ¿Acaso ustedes juegan con las
personas?

Descendí entonces a los infiernos de la vergüenza. Y hoy, al adelantar mi testamento, pido
perdón. Y sonrío. No puedo hacer nada más.

En ese avión... voy yo

Después de mucho viajar, ver y anotar he aterrizado encima de una convicción decepcionante: pocos resisten el embrujo de los aviones. Algunos confiesan que temen volar, pero habitualmente guardan pantalones y camisas de recambio, más un cepillo dental y una navaja desechable, en los aeropuertos. Son los descendientes martirizados de los hermanos Wright. Trágicas criaturas que viven un eterno relevo de sobresaltos.

Hablo, en particular, de los escritores que gustan de mostrar sus flaquezas en ese género mitad registro civil y mitad maleta que se llama crónica.

García Márquez ha dicho que él vaciaba una botella de güisqui antes de subir a un avión para anestesiar el trance. Ya se ha adaptado. Y lo sabemos porque también contó que en un travesía aérea no sé de a dónde a dónde, hizo el amor no me acuerdo con qué dama. Si hubiera perpetuado el hábito, algunas mentalidades de la crónica amarilla, que suelen desentablillar la privacidad de la gente célebre, habrían especulado que el autor de *Vivir para contarla* adquirió presumiblemente compromisos publicitarios con cierta marca escocesa. Porque, claro está, la cifra del Premio Grande se le debía haber esfumado en los bares aeroportuarios, donde maceraba sus miedos con alcohol.

Enrique Núñez Rodríguez, que entintó durante 10 años, casi hasta su deceso, el mismo espacio que yo en *Juventud Rebelde*, también temblequeaba al viajar en un avión. Y en una de sus últimas historias aludió a su primer vuelo, su primer *soleo*, que hizo coincidentemente con una aeromoza que hacía también su... primer vuelo.

Los únicos escritores que no han escrito nada, o casi nada, sobre los aviones son aquellos que murieron en el aire. No tuvieron tiempo. Pero tendrían mucho que contar. Y es natural. Porque un vendedor de frases ingeniosas aseguró que solo una persona con una imaginación sobrecargada de chispas, podría concebir que la nave en que viaja tendría posibilidad de zafarse de las nubes. Y como los creadores literarios se acusan públicamente de estar condenados a imaginar pasados y futuros ajenos, les sobra facultad para intuir el probable episodio de una caída desde tanta altura.

Juan Emilio Friguls, hasta su muerte decano de los periodistas en Cuba, estuvo a unos kilómetros de no cargar más su figura clásica -cuerpo de Quijote y nariz de Quevedo- cuando voló por primera vez. El amor y la generosidad paternos le premiaron su dorada graduación en la escuela de periodismo Manuel Márquez Sterling, con un paseo a España. Abordó un Super G Constellation en Nueva York. Y por suerte la tierra se presentó al alcance de unos aletazos para que la nave pudiera echarse sobre las bostas y las piedras de un potrero peninsular, cuando los hilos eléctricos del avión empezaron a quemarse. De otro modo, el Atlántico nos habría escamoteado su traje azul y su talento periodístico al principio de su ejercicio, en 1945. Friguls nunca contó en papel tal peripecia aérea; me enteré porque durante una semana compartimos una habitación del hotel Casagranda, en Santiago de Cuba.

Siendo sincero, los aviones, y los miedos, y tales confesiones aladas me parecen un pretexto para hablar de los viajes que aumentan el crédito y el tamaño de un escritor. Pura vanidad, sostengo con toda consideración por aquellos que todos mencionan, aunque no todos los lean. Volar, volar es lo que importa, sea incluso sobre una cucaracha. Esto último lo hizo Kafka, pero nunca habló en detalle de su experiencia. Era tímido, característica escasa entre escritores.

A mí, digo de paso, me ocurrió distinto. Nunca he temido a los aviones: ni en la primera, ni en la trigésima vez. Pero hice el ridículo en mi primer vuelo que transcurrió entre La Habana y San Juan de Puerto Rico. No necesito narrar el hecho; con hidalguía me sobrepuse a las secuelas de inferioridad y continué aprendiendo en vuelos breves o largos, pero siempre morosos, disfrutables, como en pantuflas. Aquel día inicial tomé sin mirarlos, como todo un veterano de numerosas películas, los dos extremos del cinturón y empecé a empalmarlos. Pero no se insertaban uno dentro del otro. Pensé que los proyectistas habían sustituido el sistema de *macho-hembra* que me habían descrito, por una especie de coito plano, y consecuentemente los cabos estarían imantados para propiciar el acople. Pero no se pegaban. Permanecí sin mirar al viajero de al lado. Posando de duro supuse que los adelantos de la tecnología a veces entrañaban un aparente retroceso, y me amarré las dos puntas como un guajiro sus ariques de yagua en los zapatos. Respiré satisfecho. Y cuando mire a la derecha, el vecino de asiento sostenía mi *hembra* en su mano...

Yo le había quitado el *macho* que le pertenecía.

ME ENAMORÉ DE LA VUELTA

Lo confieso: me enamoré de la Vuelta, repite Francisco Mastrascusa al recordarme que escribí esa frase breve y desnuda cuando, en 1974, concreté la encomienda, dictada por él mismo -entonces director del *Semanario Deportivo LPV-*, de reportar la Vuelta Ciclística a Cuba. Así inicié mi crónica, que trasuntaba el encantamiento que aquella caravana, peregrina de todos los pueblos sin quedarse en ninguno, me había inoculado en los ojos, las manos y, particularmente, en el corazón. La experiencia resultó un deslumbramiento. Un éxtasis. Un acoplamiento.

Si la visita del circo al pueblo de mi niñez me embargaba de nostalgia por los ámbitos desconocidos que la carpa recorrería con su trashumante espectáculo, y deseaba ser, cuanto menos, uno de sus tragaespadas, o de sus tarugos, para lavar constantemente mis ojos en el polvo del camino, la Vuelta Ciclística compensó aquella casi irracional vocación infantil por asumir la peripecia constante del cambio y la provisionalidad. Pero había un móvil más tangible y excelso. Y no pude escribir, por ello, con otro ingrediente que no fuera la emoción, vapuleando quizás las reglas del cronista deportivo. Tal vez olvidé tiempos, marcas, puntos, incidencias, para concentrarme en la plenitud del hombre que pedalea bajo el sol, hostigado por el viento y la lluvia, y gobernado por el imperio de una sola actitud: trascender, sobrepasarse. Y luego continuar en una aventura rodante que sintetiza frenéticamente el drama de la existencia.

Mastrascusa me permitió el alborozo, la explosión lírica. Y yo intuyo que no se equivocó. Al cabo de tantos años, lo que uno recuerda de aquella Vuelta, o de las que la precedieron o le sucedieron, son las imágenes de piernas y almas contraídas y temblorosas sobre la velocidad y la resistencia, embaladas hacia el banderín que anunciaba la meta y la victoria. Para todos. Porque en las vueltas nadie pierde. Gana siempre el carácter, probado en el tesón, el dolor, la abnegación. A caballo en un esqueleto de hierro, todos los jinetes parecen hermosos, envuelto en la luz de la entrega que el pueblo, alineado a la orilla de las carreteras, saluda y reconoce diciendo en el barullo de lo inusual:

-¡Ahí va "Pipián", ahí va el "Búfalo", ahí van Vázquez y Alcántara...!

Y ahí van los periodistas a quienes, aunque hacinados en un *yip*, aparentemente sin cansancio, se les amarra la garganta por la emoción, porque la Vuelta también gira dentro de ellos, como un trompo humedecido por la vibración del arte de encarar la vida como un ideal, un tránsito hacia lo mejor. El que no la ame, el que no se haya enamorado de la Vuelta jamás podrá comprenderla, interpretarla, percibir su ansiedad en la propia respiración. Oh, no me justifico.

Pero nadie que no esté articulado con nervadura de ciclista podrá escribir sobre la Vuelta con fervor y sangre. Apelo a Elio Menéndez, que la parteó en su primer itinerario y hasta hace poco la cubría con su estilo potente, lúcido, gráfico. Con él aprendí los primeros términos del lenguaje de la Vuelta, emparentados, a pesar de sus servidumbres técnicas, con la poesía. Recurro también a José González Barros, otro enamorado enfebrecido, cuyas crónicas ya mudas e irrepetibles me revelaron la dimensión literaria de la Vuelta.

Jean Giraudoux aseveró en un texto del que no recuerdo el nombre que los grandes juegos dependen de una pelota. Fútbol, baloncesto, béisbol... Es cierto. Pero no reparó en que también grandes son aquellos cuya esencia circula en una rueda. En fin, rueda y pelota son instrumentos redondos y se mueven a impulsos de la pericia y la abnegación humanas. Yo, por eso, me enamoré de la Vuelta. Y aun a tantos años del disparo inicial me dejo atraer por el ensueño que, más allá de la neblina, advierte que la vida llega, y pasa, y otra vez llega, como aquel horizonte de ruedas tras el cual todavía jadea mi corazón.

TRES MINUTOS

Hace años escribí de fútbol. Y lo reclamo como un mérito. En un país donde todos sus habitantes redactan anualmente, entre gritos y polémicas, sus reseñas y manuales de béisbol, el que se dedica a ver, juzgar y escribir de fútbol es una especie rara, casi insólita. Con muy poca compañía.

Yo he estado habitualmente en minoría. Así he vivido. Y no me quejo. He aprendido a hablar o escribir para los pocos interesados en cuanto digo o escribo. De modo que, queriendo ser periodista, me deshollinaron un espacio en el semanario deportivo LPV. Y cuando me preguntaron qué deporte podrían asignarme como obligación reporteril, enfaticé que yo prefería introducirme entre las redes del balón. Algo sabía. Y algo más aprendí asesorado por un amigo, más bien hermano, por quien mantengo en vigilia sentimientos de gratitud. Oscar Monroy –y sus hijos agradecerán la mención de su padre- educó mi percepción balompédica desde la cancha de su experiencia como comisionado nacional de fútbol y luego funcionario en la propia Comisión. ¿Por qué elegí el fútbol para estrenarme como cronista deportivo? Tal vez por la misma razón que más tarde me incorporé el ciclismo. Por su interés humano. O por su demanda de generosidad y abnegación al establecer que la pelota sea manipulada con los pies, las piernas y la cabeza, los miembros menos aptos. El fútbol posee, para mí, una sustancia mística. Propone en su esencia la semilla de un ideal de perfección que, traducido en mito y quimera dominical, es ejercicio de voluntad y cátedra de colectivismo bajo el estímulo del rito multitudinario más antiguo: el alarido.

Antes de componer mis primeras cuartillas sobre este deporte –aquellas de agosto de 1972, durante los Juegos Escolares Nacionales, entonces toda una fiesta numerosa y bullente-, yo había leído una antología de textos literarios sobre el fútbol, firmados por poetas y escritores que no esquivaron el atractivo de hurgar en el misterio que subyace en la gloria efímera de un gol, el encantamiento de una finta, un drible, o en la pasión del jugador que, cuando pierde, siente que se pierde a sí mismo.

Albert Camus baja de las cimas de El extranjero, se mete en una cancha, evoca su juventud y asegura que todo cuanto sabe sobre la moral y las obligaciones humanas se lo debe al fútbol. Vertiginoso como el rodar de una pelota, un poema de Thiago de Mello cuenta la niñez del poeta, cuando llevaba "El sol en los pies peleando en un baile fraternal". En esos versos el fútbol es "dolor y fiesta: / la perfección dormida/ sobre el pecho del pie/ de repente se yergue/ y se cumple y florece: es el corazón viajando/ por el trayecto del sol en el viento/ la delicada esfera, la indomable, la rosa".

No lo niego. El fútbol me sedujo principalmente mediante la emoción de los poetas. Lo había jugado en mi adolescencia, entre los salesianos que nos exigían, sin la ventaja de la réplica, el ajetreo físico desde la una menos cuarto a la una y media. Después, nunca más me incluí en un partido, salvo aquel día en Camagüey.

Transcurría 1974. Se celebraban los Juegos Juveniles de la Amistad, con equipos balompédicos de todo el campo socialista. A alguien se le ocurrió convocar un duelo entre los entrenadores y los periodistas. Y de pronto me visten de defensa lateral derecho. Y ahí viene al ataque el viejo Germán González. Es una roca rodante. Yo debo ser el muro. Se mueve a la derecha. Ahora a la izquierda... Se me va. Apenas veo el balón. Me canso... Qué pasa. ¿Un terremoto? La cancha se pandea. Me deslizo por la hierba. Me alzan. Y oigo al médico del estadio decir algo así: Si no fuese tan joven, habría sido su último partido.

Y Joaquín Ortega, Miguelito Hernández, Juanito Moreno –y otros que no logro precisar- saben que la única crónica que yo nunca pude escribir, fue la de esos tres minutos cuando quise protagonizar el juego que habitualmente reseñaba desde las barreras. Seguí por un tiempo escribiendo de fútbol. Pero con temor. Mi crédito se habría ido a las duchas, si mis pocos lectores se hubieran enterado de que aquella mañana no llegué a tocar el balón.

El eco de lo efímero

Si escribir fuera un juego: el vuelo dominical de unas barajas, el secreto alarde de unas fichas de dominó, la frente ceñuda de un ajedrez que a nadie perturbará en los finales... Si fuese un juego, qué podría cambiar en estas circunstancias en que un periodista chasquea los dedos esperando el duende que le dicte las palabras del día.

¿Por qué habré sido periodista, escritor que se dedica a recoger las incidencias que al atardecer fenecen junto con las letras que las comunicaron? Quizás, por eso mismo: para preservar los actos humanos de lo efímero, y conservarlos como palpitaciones del cosmos de la Historia. Y también para   irse quedando papel a papel, palabra a palabra.

Pocos, es tonto decirlo, permanecen invulnerables al olvido. Tras tantas lecturas, y unas cuantas cuartillas escritas, ¿se llega alguna vez a orientar, dirigir la verdad de la poesía y la vida, a suponer cuál será el destino de cuanto uno ha escrito? Lo supe en la claridad filosófica de un cementerio. Fue en mi primer viaje a Camagüey, ciudad que, para quien no la haya nunca visto, discurre modernamente dentro de un cascarón de primigenia raigambre colonial: tejados bajos, aplastados, y tinajones ventrudos que memorizan en barro la escasez de agua, distintiva de la ciudad. La tradición se muestra abierta, presente, persistiendo como lo más lúcido de la historia de la antigua Puerto Príncipe, ubicada entre dos ríachos lánguidos, el Tínima y el Hatibonico, y oscilando entre la patriótica y viril virtud de Ignacio Agramonte, héroe del cantar de gesta de la independencia; la caridad del ya Beato Padre Olallo, que lavó el cuerpo sagrado de El Mayor antes de ser traducido a cenizas, y los poemas de Nicolás Guillén.

Calles estrechas, retorcidas, como trazadas a paso de borracho, por donde ni la gente ni los vehículos parecen tener prisa, me condujeron a una calleja interior del camposanto, donde se atraviesa un pequeño hito, erigido en 1933, que exhibe uno de los epitafios más famosos de Cuba.

La tumba pertenece a la hija de un catalán y una mulata criolla. Bella y pícara, alegre y adicta al lujo, se casó con un oficial español luego de despreciar y maltratar a un joven mulato, cuyo defecto principal era el de ser barbero. Dolores Rondón quedó viuda muy pronto. Y se perdió entre los pliegues incógnitos de la pobreza, hasta fallecer de tuberculosis en 1863, en el hospital del Carmen. La leyenda cuenta que el barbero, al enterarse del destino de la mujer de sus frustraciones, se ocupó de atenderla hasta el final.

Leyenda es leyenda: la interpretación poética de los hechos sin historia. ¿Quién puso el epitafio junto a la tumba de la mujer? Dicen que el barbero. Pero también dicen que apareció en letras negras pintadas sobre una tablilla de cedro, en 1883, veinte años después de la muerte de Dolores. Y aseguran que cada vez que la madera se deterioraba, unas manos desconocidas la renovaban, hasta que el gobierno municipal construyó el monumento. La décima –sobradamente reproducida y que he de repetir, aún sobrecogido por la impresión de mi juvenil experiencia - está en consonancia con la delicadeza espiritual de los camagüeyanos, comarca de pastores y sombreros, según Guillén: "Aquí Dolores Rondón/ finalizó su carrera/ ven mortal y considera/ las grandezas cuáles son: / el orgullo y presunción, / la opulencia y el poder, /todo llega a fenecer/ pues solo se inmortaliza/ el mal que se economiza/ y el bien que se puede hacer."

Y por qué he juntado tantos nombres, tantos recuerdos aparentemente caóticos. Ah, porque tenía la obligación de escribir para que el periódico -papel que se rompe y cristaliza- recogiera, como en un almacén soterrado, a prueba de riesgos nucleares, esa sensación de caducidad que hoy, como en mi niñez, me oprime viendo el mundo pasar.

EL ALMA VESPERTINA

Me gusta mi casa porque desde el balcón tengo una vista despejada de las tardes. Esa es la hora en que suelo sentarme a mirar, de espaldas al norte, la comba grisácea que surge del sur y parece aplastar a una porción de El Vedado que trepa hacia la calle 23, mientras al oeste el cielo se mancha como si lo salpicaran los destellos de una yema de huevo.

Mi casa me gusta por otras razones. Claro. Mucho hallará uno de amable, memorable en el espacio donde ha fortalecido su sensación de seguridad durante 40 años. Hasta las fotos en las paredes o sobre las mesitas te recuerdan el compromiso sentimental con la luz de otras tardes. En particular las de otoño. ¿Otoño? ¿Puede en Cuba, de informe e informal clima, hablarse del otoño? Los que me leen entienden que me refiero a esas jornadas de finales de noviembre y principios de diciembre que, aunque a las dos p.m. tuesten el pan de una croqueta tardíamente redentora del almuerzo, al atardecer se dejan caer en unos tonos sombríos, parientes de sauces y cipreses, nostálgicos rostros de otro tiempo. Como en un poema de Zenea.

Esas tardes me parecieron desde la adolescencia, la réplica del alma de los viejos. Así, opaco, cabizbajo, noble habrá de ser el interior de los

105

ancianos. Otoño de paz y equilibrio. Con la acep-
tación amodorrada de lo que ya fue hecho o des-
hecho. Pero quién asegura que la conciencia de
lo que los gerontólogos nombran delicadamente
tercera edad, se distinga por la resignación y la
serena plenitud de lo agotado. La vejez es un
misterio. Y todos, poco a poco, iremos descu-
briéndolo según hagamos del registro civil una
estación irreconocible. Mi colega, y por encima
de cualquier deuda, mi amigo Viñas Alfonso, me
decía recientemente que de acuerdo con André
Maurois lo peor de la vejez es que uno aún es
joven. Lo sabrá Viñas, que ya transita por las
hojas caedizas de lo vivido...

Por otra vía lo descubrí yo. He entrevistado a
numerosos ancianos en los últimos treinta y dos
años. Y algunos me impresionaron tanto por su
vitalidad o por su apego a la vida que he dedu-
cido que alcanzar la vejez puede ser un milagro
de fervor. Recuerdo a Francisca Paula. Fui al
Cabo de San Antonio por primera vez cuando
una notícula en el periódico Granma, difundió
que ella era considerada la de mayor edad entre
los cubanos. La familia, y los vecinos de El Va-
llecito y Manuel Lazo, le atribuían ciento dieci-
ocho años. Y allí llegué para testificar en *Bohemia* esa condición insólita. Era temprano. Y es-
pere en el patio del bohío a que la vistieran para
recibir al extraño. Llegó quejándose de sus dolamas, sostenida por dos de sus hijas. Para espantar la desconfianza, le reproché cariñosamente:
Vieja, vieja, por qué llora; si usted debe de estar
feliz: mire cuánto ha vivido. Y alzando sus ojos

casi blancos, contestó: Ay, *mi'jito*, y quiero seguir viviendo, pero ya no puedo. No puedo.

Cinco años antes, quizás en 1984, por un reportaje de Roberto Pérez Betancourt –no sé si recuerdo con exactitud-, publicado en el periódico *Girón*, me enteré que en Guanábana, a escasos kilómetros de la ciudad de Matanzas, trabajaba un haitiano que había combatido con el Ejército Rebelde en el Tercer Frente Oriental. A la edad de ciento seis años era responsable de la finca La Paz, unidad productiva de las FAR. No me acuerdo de su nombre. Le decían Pica. Lo aguardé en el batey, a la puerta de su casa. Hacia las once horas apareció jinete en una yegua. Sus pies casi arrastraban el suelo, como Quijote encima de un borrico. Accedió a intentar escribir conmigo un libro testimonial sobre su vida. Me invitó a comer un almuerzo cocinado por él mismo. Y Luego hablamos; hablamos de Haití, de la inmigración, de Cuba, la guerra. Ya sus palabras se articulaban como entre piedras. La grabadora poco recogió que yo pudiera entender en aquel *patuá* mechado de español. Entre lo que retuve se hallaba su respuesta al preguntarle por sus hijos. Haciendo un gesto con los hombros -¿o te lo dijo a ti, Roberto Pérez Betancourt?-, comentó que ya estaban viejos. Y que el mayor le preocupaba mucho, porque, con 80 años, andaba por ahí... hecho una mierda.

A SU SALUD

El ron es un misterio. Para mí lo fue principalmente, porque me maltrataron las secuelas colaterales del ingerirse un tanto ingenuamente en la indescifrable claridad de una copa. Y su espirituosa, onírica, trastrabillante naturaleza me sorprendió cuando rompí el cascarón de la primera vez. Se me zafó la mano. Quizás fui demasiado flojo. No voy a averiguarlo ahora.

Solo veo claro que mis cúmbilas orientales en la escuela me invitaron a beber para festejar el día de nuestra graduación como topógrafos. Más tarde me llevaron a rastras para el albergue. Y durante un par de horas me obligaron a naufragar en una bañadera de agua fría. A las ocho de la noche, yo debía leer el discurso en nombre de mis compañeros.

Desde esa debutante borrachera, empecé a respetar el misterio del ron. Y cuando, con algunos amigos, asumo la inevitable dosis, siempre impongo mi medida: poco, que apenas bebo. Mi amigo Fernando G. Campoamor me dedicó un ejemplar de *El hijo alegre de la caña de azúcar,* libro que compone la más jaranera, mareada, ágil y culta biografía del ron cubano. Y quedé convencido que el ron continúa siendo un misterio aun para los cubanos que lo beben como en un culto.

Antes de ser ron fue otra cosa. Desde los primitivos trapiches, cachimbos, molinos o ingenios – que muchos nombres tuvo la fábrica azucarera, según su tamaño y características tecnológicas- el aguardiente brotó como un derivado de la caña de azúcar. Entonces ganó fama de plebeyo en su consumo: alegró el ocio de los piratas y purificó democráticamente la zanja del látigo en las espaldas esclavas. Era entonces ofensivo como hueco de letrina.

Pero resolvía la atmósfera de las tertulias escabrosas o de las más decentes. Mezclado con agua, azúcar, una rodaja de limón y una ramita de hierbabuena, deambuló por tabernas y hogares con el nombre de Drake, el corsario que en el Caribe movía la cola del diablo y en Londres lo cubrían con una clámide de santón. Después, insurgió el ron con el halo de una criatura fantástica. Y tal mudanza continúa oficiándose como un misterio. Los químicos no han precisado con certeza los resortes que desdoblan una bebida para convertirse en otra que borra su pendenciero pasado.

Una alquimia soterrada y callada procesa el aguardiente. En este –suponen- subsiste en un uno por ciento de materia orgánica, y al pasar el tiempo reacciona ante el aire que trasvasa los toneles. O el roble de los barriles despide ciertos ácidos que se coligan con los residuos orgánicos del aguardiente. O influyen ambos fenómenos. Y poco a poco vibra en un proceso de metamorfosis sorprendente. El tiempo parece ser el catalizador de la enigmática fórmula. Cuanto más vieja, superior es la bebida. Esa fue, quizás, la receta de Bacardí, el destilador que en 1862 fundo en Santiago de Cuba la dinastía del ron cubano. Influye también la alcurnia de la melaza que, mediante la levadura, se tornará en alcohol. Y miel de pureza única solo es posible obtenerla en las circunstancias climáticas y telúricas de la caña cultivada Cuba.

Esta sucinta historia la aprendí con Campoamor, doblemente diplomado: gustador de hazañas de codos en una barra e investigador del misterio de oro o plata del ron. Pero, a pesar de este y otros amigos, en conciertos de bebedera me quedé analfabeto desde aquel día de mi graduación. Me inmunizaron de un tajo. Y no por que las náuseas me rondaron como un suplicio. Debo decir que allí, en aquella casa de mis estudios juveniles, yo había colgado sobre mi cama un retrato de Martí. Mi familiar más cercano. Mi ideal de joven idealista. Y antes de que me sepultaran en aquella bañera –diminuta piscina de la vivienda de un ex propietario de ingenio– donde debía exudar el ron incongruente que había tirado mi inocencia a la lona, uno de los testigos atizó un reproche que jamás he querido volver a merecer:

¡Mírenlo! Y después dice que es martiano...

LA BEBIDA AJENA

Volví a beber sidra. El líquido burbujeaba unos segundos antes de las 12 de la noche del 31 de diciembre. Y cuando el grito familiar redondeó la hora esperada, y los presentes levantaron las copas para que los deseos de paz y amor rociaran el nuevo año, quedé rezagado, meditabundo, pensando en aquel incidente. Mis parientes creyeron, sin embargo, que me habían acometido de golpe la pena y la nostalgia por las presencias perdidas.

-Es lógico, viejo, que te pongas triste. Todo pasa, como dicen...

-¿Triste? No, hijo.

-¿Por qué entonces esa cara?

Precaución ante la sidra. Nada más. Y les expliqué las razones.

Porque, en efecto, todo pasa. Cabelleras que se volatizan, bellezas que se deshilachan, talentos que se fragmentan, sueños que se endurecen. En una novela francesa escrita por un español leí que todo es eterno, menos tú, hombre, mujer, confluencia de una noche sin rostro ni estatura, en cuya contingencia –ser o no ser- solo está emplantillado el fin, la caía de la curva en la disolvencia fatal de la muerte. Y uno debe, a pesar de lo efímero de la existencia, lograr que el re-

111

cuerdo de los errores perduren, vacunados contra el remordimiento, como una lucecita de advertencia. La memoria no ha de utilizarse solo para aprobar exámenes de fechas históricas, participar en concursos de la Televisión, conservar deudas o rencores, o como pretexto de la añoranza. La memoria es el testigo de uno mismo; el policía de tránsito. Pare. Cuidado. Curva peligrosa.

En mi adolescencia también me enseñaron que la felicidad no se define como un artefacto electrodoméstico comprado a plazos: mañana será mío. Por el contrario, es tuya hoy; está aquí. Debajo de tu ventana. Como una flor nacida entre las piedras del patio. Por eso, mira la comida en tu plato, no en la del ajeno. Y confieso que así obré por mucho tiempo hasta el momento de aquel incidente. Recuerdo que cuando, muy joven, corté caña voluntariamente, mis compañeros de estudios corrían hacia la carreta que traía el almuerzo, tragaban en remolino, y en un vértigo pedían turno para reenganchar, repetir, el arroz sobrante. Yo, en cambio, tomaba mi bandeja metálica, buscaba la sombra de algún árbol, me recostaba al tronco y parsimoniosamente almorzaba. Algunos se reían de mi "finura". Y yo les respondía en un tono refranesco que ahora me parece insoportable: "El que come mal y apurado: no come. El que mal y despacio, al menos come media vez."

Eso expliqué a mi familia el 31 de diciembre de un año reciente, cuando, al brindar, mi copa quedó unos instantes abajo, a la altura del pecho, mientras mis ojos la calibraban. Luego, ya a destiempo, la alcé y expresé mi voto por la paz, en particular por la paz interior de cada uno, y bebí, primeramente en un sorbo que permitió a mis labios comprobar la naturaleza del espumoso líquido.

-Pero, cuál es tu problema con la sidra, viejo.

En fin, un viernes, cuando visitábamos los fines de semana la casa de mis suegros, me adentré –como usualmente hacía al llegar- en la arboleda buscando una toronja, o un mamey. Al regreso, sobre la mesa del cobertizo trasero, vi una botella de sidra. Ah, se jodieron mis cuñados, me dije goloso. Eché hasta la mitad de un vaso: la observé amarilla, insinuante, acariciándome el gusto con la miríada de sus burbujas. Y bebí un trago hondo, tan hondo que me quemó la garganta.

Grité. Corrí. Y consumí casi un cubo de agua. Aquello no era sidra. Entre las jabas y paquetes que yo mismo cargué, mi esposa le había traído la botella a su mamá... para limpiar el inodoro. Era salfumán.

OH, LA HABANA

Ciudad idiota llamó Miguel Ángel Limia a La Habana. Más o menos contemporáneamente, Jorge Mañach admitió que era indiscreta e ingenua como un muchacho grandullón. Un poco antes, Miguel Ángel de la Torre la tachó de ciudad pecadora y soberbia. ¿Quién entonces no tenía una queja contra la capital? Rubén Martínez Villena, que había afirmado que Limia era el cronista de aquella generación y que polemizó con Mañach sobre poesía y política desde la izquierda, también desahogó en esos días de la década de los 1920 un eructo sobre La Habana y sus ediles, al recoger en una crónica el fanguillo indeleble que, tras la lluvia, se amontonaba en las calles y salpicaba automóviles, pantalones y piernas con ronchas de sarampión negro.

Hoy pasa lo mismo. Aunque ya la crónica no es en los periódicos "la sonrisa de la primera plana" que festejó el propio Miguel Ángel de la Torre, la gente echa en el tintero de la prisa callejera sus invectivas sobre la ciudad. La irreverencia colorea la relación con La Habana. Unos la maldicen; otros la rebajan. Le gritan sucia. Caliente. Bulliciosa. Y sin embargo, ahora como antes, vivimos entre el odio y el amor. Porque, detrás del insulto, estira sus dorados crespos la melcocha, el ditirambo, el ronroneo de los felinos inferiores cuando se rascan en las canillas del amo.

Lo más impresionante de esta paradójica tradición de insolencias y querencias se halla en que lo menos habanero de La Habana son sus pobladores. Limia vino de Baracoa; De Sagua, Mañach; de Cienfuegos, De la Torre; Rubén, de Alquízar. Y miles que pasan por ser de aquí, somos de... por allá, del Juan de las Quimbambas que a veces no aparece en el mapa. Ninguno de aquellos nombres de prosa enhiesta y talento zahorí abandonó la ciudad idiota, indiscreta, ingenua, soberbia. Ni otros, con menos alcurnia, hemos abandonado después la sucia, caliente, bulliciosa ciudad. A pesar de las demandas, del pleito cotidiano con la insuficiencia o la desmesura, La Habana es única, irrepetible, insustituible, máxima, para los mismos que la denostan.

Sus inicios de villorrio fueron inconstantes. Como nuestro amor. La semilla de la ciudad futura se movió saltando tal un caballo de ajedrez. Puso sus cascos de guano y adobe en tres casillas distintas: primeramente en el sur, en un sitio que nadie podrá asegurar por el momento, con puntería histórica, si fue Batabanó o la desembocadura del Mayabeque, o un punto más adelante, quizás empeñada en calificarse dentro de la actual provincia de Pinar de Río; después al noroeste, cerca del hoy barrio de Puentes Grandes, y luego se asentó al borde de la bahía. Vino prehecha, en el sofocón de las carabelas, agitándose en los esquemas medievales de los conquistadores.

No hay que descubrirla. Pero ha sido descubierta una y mil veces, cuando algún cubano se hospeda en La Habana con la sensación de llegar a la gaveta de los misterios nacionales. Y se engendra así el primer enigma. Porque de pronto nuestra relación con La Habana comienza a desenvolverse de persona a persona; la tratamos como un ser vivo. La ciudad se introduce en el recién llegado por el olor -como una mujer con su perfume-, cuando entrando por ferrocarril, o en ómnibus, desde el oriente –incluso en tren desde occidente- lo agarrota a uno el vaho inigualable de gas y humo, monóxido y pescado de la zona de Tallapiedra, ahí, donde otro cronista de aquellos tiempos atinó a decir que se retorcían los intestinos de La Habana. Y al pasar en mayoría por la puerta del retrete, descubrimos la humanidad espacial de La Habana.

Y por qué tan humana. ¿Cuál ensalmo o conjuro amarra de modo tan pugnaz y tierno la relación entre la ciudad y sus habitantes, ese te odio y te quiero, esa lágrima por que te añoro y esta otra por que no te soporto? Oh, La Habana… Es un ser vivo, porque nació en la contradicción. Se levantó junto al agua, lejos de la que podía beber. Contaba cuatro casas de familia alrededor del Castillo de la Fuerza, y los vecinos se recreaban en 50 tabernas, y fue albergue de dos futuros santos –San Luis Beltrán y San Francisco Solano- y al par crucero marinero de putañerías y escándalos… La hicimos y nos hizo. Como nos dobla la imagen un espejo. Y después de saberlo qué queréis, pregunta el escritor

Argelio Santiesteban, experto en habanerías. ¿Qué queréis: el vuelto?

ELEGÍA POR LA GLORIA

Muchas veces he venido a sentarme en el Malecón a confirmar las infantiles pruebas de la redondez de la tierra con los barcos que se perdían en el horizonte como si resbalaran por una canal. Hoy, ante un mar bamboleante, saltarín, y un cielo encofrado de grises, me azuzan los recuerdos, la nostalgia, la sensación de brevedad. Las aguas, con su acostada certidumbre de que siempre recalarán a algún sitio, me revelan la cruz latina del momento cuando he llegado a la edad en que ya el tiempo canta los números de mi cuenta regresiva.

La vida se ha ido en el languidecer de los recuerdos, en ese impulso, a veces inesperado, de volver a los lugares donde uno no viviendo vive. A un kilómetro, por Belascoaín arriba –nunca reconocida como Padre Varela, su nombre de la república- está la calle que nombraron como el pan dulce, los artificios, las quimeras, el hogar de Dios: Gloria. Allí descubrí un día que los infiernos mezclan la locura con los misterios más santos y familiares. Porque Gloria nunca habrá sido el paraíso para aquel negro, apodado Chichirichi, que asumió el destino de morirse a la entrada del Quinto Patio, su solar, donde en la otra cuadra, donde ya la numeración iba descendiendo hacia la terminal de trenes, se oía la incauta sensación del disturbio, el resudado percutir de los dioses que a nuevos dioses proclamaban: los tambores y la carcajada, la cintura y el cajón, bembeteos y pañuelos que se arrastraban sobre el sigilo concéntrico de los siglos.

Los periódicos se negaron a vocear la superflua explosión en la sien de aquella tarde. Desde entonces me conmueven los acertijos de quienes se mueren desconcertados en el quicio de su puerta. Y al segundo piso del 822 subió asustada, sorprendida la heroica decisión de empezar a creer que todo no estaba dicho en cada libro que yo amontonaba sobre los reproches de mamá.

Ahora mamá no está. Y al mirar el agua que parece irse, le pido que me hable con noticias de la vieja Sabina, Modesto el barbero, Segundo el jubilado, y el marinero trombón del sargento, a cuyo ronquido duermen, sin despertarse, aquellos días. ¿Tú despertarás, vieja? Por si no regresas, dame el ácido aroma de tus gritos: llama a mis hermanos, que se esconden bajo el guarapo de los suburbios, cuando aún en los portales que ya no existen en Cuatro Caminos cantaban con laúd de controversia, los amigos del Indio Naborí.

No he venido a buscarte; tu presencia no se halla en las efemérides que el silencio acredita entre vecinos. No soy de los que regresan y luego se marchan definitivamente otra vez. Me he quedado donde te encuentro deambulando por las azoteas de un fin de siglo muy antiguo en las

broncas, los muertos, las guitarras y los prego-
nes de los aires pútridos en la Plaza del Mer-
cado, mientras La Habana se replica en el mar
con sus palacios, conventos, castillos, casuchas,
manglares murallas: provisionales pergaminos,
capitulares archivadas, derroche, látigo, mano-
teo, breve chisme de chancletas, única gloria
que alcanzamos entonces.

IRÉ A SANTIAGO

Uno de los colegas que me acompañaban en mi
primer viaje a Santiago de Cuba, intentó al bajar del avión burlarse de mi condición de primerizo y me propuso que adelantara una hora el
reloj. Recuerdo que recité mentalmente, como
oración para peregrinos inadvertidos, los versos
primordiales de Navarro Luna en una de sus
odas: No os asombréis de nada; es Santiago de
Cuba. Y apercibido por el poeta, no me sorprendió encontrar allí la armonía entre los más insó-
litos contrastes. Moderna y antigua, marina y
serrana, segunda y primera... Así, en fin, única.
Aquella experiencia ya cuenta unos 30 años. Y
aunque había aprendido en la escuela que era la
segunda ciudad por población y tamaño después
de La Habana, desde tan lejos tanto mis condiscípulos como yo la veíamos, en una visión unánime, como remota, fantasmagórica, inalcanza-
ble. Pero mi presencia allí, jinete sobre un andar
lento y curioso, aprendió el porqué Santiago es
el dios principal de nuestra mitología y por qué
nadie le regatea el título de capital de la historia
de Cuba. El transeúnte pasa y en cualquier fachada lee una tarja donde se habla de que aquí
nació o vivió o murió un personaje a quien la patria agradece su obra o su entrega. Es la ciudad
de las cunas trascendentales...

121

Desde los primeros paseos, admití que Santiago no se parece a ninguna otra ciudad cubana. Ni por las edificaciones, ni el entorno geográfico. Es, afirman, la más caribeña de las poblaciones de Cuba. Y lo que parece una frase esclerosada - algo así como la dulce gramínea que alguien dice cuando se refiere a la caña de azúcar- resultó una evidencia. El mar Caribe la besa, la embolsa, la penetra profunda, recoletamente en la bahía, calimbándola con la sal de un sol tan astuto que espejea otra luz, otro ardor. Y de ahí, de la arena y la roca del litoral, para no demeritar su cubanía, salta Santiago a la montaña. Sin transición. Paradójicamente, Cuba, siendo isla, es más honda en las alturas que en la costa. Más serrana que marinera. Y Santiago intuye esa contradicción de nuestra idiosincrasia. Y la ciudad por ello se engarfia al suelo, como en un destino de irremisibles alturas y depresiones, subiendo y bajando.

José Soler Puig, el novelista entrañado de Santiago de Cuba, el apasionado descriptor del paisaje físico y psicológico de la ciudad, me confesó durante mi segundo o tercer viajes, que San Basilio es la calle más eminentemente santiaguera del plano citadino. Por su arquitectura, sus balcones de tanta intimidad. La disputa ha sido – decía- si Enramadas, hoy Saco, es la más copada por las esencias de la ciudad. "Yo digo que San Basilio." Ignorante de esas santiaguerías, no discutí con el autor de *El pan dormido.* Pero si coincidí con él en que lo que más le gustaba de Santiago era su gente. Para él, aparte de sentir la cubanía de manera apasionada, además de simbolizar la rebeldía del pueblo por su capacidad de lucha, de abnegación, el santiaguero es sumamente fraterno; le resulta difícil la doblez. "Qué le ocurre, compay", es la pregunta dicha en un hablar –al ajeno se le figura un cantar- que el transeúnte oye en medio de una atolladero. Horror de la opresión y placer de la cordialidad.

A mí los carnavales en un sentido usual no me placen. Al menos, ciertos carnavales de ron y croqueta, insustanciales, sin estilo. Pero a los de Santiago de Cuba les saboreé la originalidad enseguida. Me convenció la música que se depura en la tradición del son fundacional de La Ma' Teodora, que desde hace cinco siglos rajando la leña está en el ritmático percutir de la madera. Vaya uno a saber allí lo que es una conga, tamborileo rotundo de un compás incisivo, trastornador, mechado con los aires afilados de una corneta china, que algunos creen que no es china. Disfraces y pasos. Alegría sustanciada que pasea por Trocha, o por Garzón, o por el reparto Sueño, o ladea la Plaza de Marte, que un día se llamó de Marta, pero la costumbre la denomina como el dios de la guerra sin que nada tenga que ver con las armas.

Y por qué escribo estas cosas de Santiago. A qué vienen elogios y piropos que ya otros han dicho o han sentido. Algo de todo eso anoté en una libreta cuando llegué a Santiago de Cuba por primera vez y un colega, quizás sin calcular el radio de cuanto decía, me orientó en chanza que adelantara una hora mi reloj. Santiago, a fin de

cuentas, estaba delante históricamente. Y pu-
blico hoy esos apuntes porque quiero volver a
Santiago. Eloína del Pozo, la corresponsal de *Juventud Rebelde*, prometió invitarme para compartir allí con los colegas. Y si después de cuanto
he escrito a favor de su ciudad, no se acuerda de
su promesa, la gente va a pensar mal. Iré, sí, a
Santiago. Y no llevaré reloj.

AY, LAS PALMAS

Todavía hay palmas... Esta última semana viajé por carretera hasta Camagüey, y a pesar de que el ómnibus va adoptando en sus asientos la crueldad de un potro de tormento, la carretera facilita redescubrir el paisaje. Sobre todo si uno ha llevado para releer una antología de la poesía colonial y los diecinueve autores escogidos invocan, evocan o describen las líneas y los colores de la naturaleza cubana, con el fervor con que se mira lo único y lo vital.

Al levantar la vista, el viajero redescubre que el paisaje aún existe, aunque la poesía actual ya no lo nombre explícitamente como aquellos versos de los siglos XVIII y XIX, en que las visiones naturales simbolizaban el embrionario sentimiento de la cubanía. Y existen, en particular, las palmas. Las palmas, el detalle más frecuente y sintetizador de la poética criolla y luego cubana.

Lo primordial de esta crónica es que aún las palmas asoman su hierática esbeltez por la ventana de nuestro paisaje. Árboles recurrentes que en la llanura o las laderas semejan sílfides guajiras con sus melenas echadas al viento en un vapuleo de aquelarre, de sainete mágico. Más de 80 especies de palmas endémicas se yerguen

125

bajo el cielo purísimo que la nostalgia de Heredia vislumbró desde el Niágara. Pero ninguna destaca por su abundancia y esplendor como la palma real, la *Roystonea regia* de los botánicos. Regia, porque, altiva tal un monarca, solo el rayo puede alcanzarla cuando su tronco de palillo de dientes se dispara hacia arriba hasta 20 ó 30 metros. Y si el hombre llega a tocarle las hojas -tan largas como las aspas de los molinos del Quijote- para empenachar un bohío, o para cortar el palmiche o desenrollar la yagua, es a costa del riesgo de quien se transforma en un jinete del aire, retador e inerme.

No me empecino en componer con tanto dato elemental una versión comprimida de *Cuba en la mano*, el manoseado diccionario. Ha sido solo un desliz vegetalmente erudito. He hablado de poesía. Y sin embargo, lo más sensitivo, lo más entrañable escrito sobre la palma real, no lo concibió un poeta. Al menos, no un poeta en verso, pues los prosistas −tal vez los cronistas- lo son también en sus páginas de líneas llenas, cuando captan las esencias puras de un eco que retumba en el alma.

Anselmo Suárez y Romero −pedagogo y novelista del XIX- no ha sido superado. En algún libro de lectura escolar en mi niñez, leí su estampa sobre los palmares. Quizás si hubiera que cifrarle un precursor a la crónica periodística cubana, lo sea Suárez y Romero con este y otros cuadros líricos sobre los valores naturales de Cuba. La primera frase es de por sí antológica en su capacidad de provocación. "Hay un cosa en

mi patria, que nunca me canso de contemplar."
Y antes de revelar el nombre, niega que sean
presencias establecidas como la ceiba, la caña-
brava, los naranjos, "nuestro sol, nuestra luna,
nuestro cielo". Y ese nuestro, dígolo entre parén-
tesis, ya entraña una singularidad, un matiz
distintivo de patriotismo. "Son los magníficos
palmares –precisa- que suspiran perennemente
en sus llanos y en sus colinas. No hay árbol más
bello que la palma; pero cuando la casualidad ha
reunido un grupo de miles de ellas en la cresta
de una loma o en un valle pintoresco y apartado,
no hay pincel capaz de pintarlas, no hay poeta
que pueda cantarlas dignamente en su lira."

Nací en campos donde las palmas parecen una
sucesión infinita de alfileres. Ninguna otra comarca supera a la de Remedios en la vastedad
de sus palmares. José Miguel Gómez, governa-
dor entonces de Las Villas, pretendió comprar
las tierras del ingenio Dolores, pagando a peso
cada palma. Cuando la pareja de soldados de
aquel censo insólito contó un millón, el caudillo
liberal abandonó el negocio. Pero si José Miguel
se percató de palmares tan masivos solo cuando
les puso precio, yo lo supe cuando leí a Suárez y
Romero en una escuelita rural de la jurisdicción
remediana. A veces la indiferencia se traga el
paisaje y a su reina la palma: no los vemos hasta
cuando un poeta, o un cronista, los rescata del
subsuelo culpable. Y nos dice: "¡Escuchando la
música de sus pencas, un poco antes de expirar,
la muerte no debe ser tan amarga!"

127

DOLOR EN DOLORES

Sola, olvidada, persistente, la torre del ingenio Dolores parece un espolón de nostalgia. Y es un colgajo del pasado esperando servir para algo más que para albergar murciélagos o impresionar la imaginación de cuantos, de día o de noche, la supongan nicho de misteriosas visiones.

Desde el último de sus cuatro pisos, hace unos 150 años, la campana principal convocaba a la servidumbre y regulaba el trabajo de la negrada que, con guatacas y machetes más pesados que los de hoy, para que el esclavo no pudiera romperlos, iba hacia los cañaverales con el paso tardo del que no quería dirigirse hacia ninguna parte. Nueve campanadas al amanecer, en el repique sobrio del Ave María, y el toque lánguido, apesadumbrado, de oración, al anochecer, se difundían por aquella llanura donde muy cerca se acostaba la silueta, parecida a un sarcófago, del cerro de Guajabana, nombre que en el arauaco aborigen significaba eso mismo: tierra llana, y que los habitantes de Remedios y Caibarién llamaban Caja del Muerto.

Subidos en el campanario, los propietarios del ingenio Dolores no podían abarcar las más de 200 caballerías que alguna vez fue la cola de tierra que les alargaba el patrimonio. Además del Cerro y un horizonte de cañas, desde la torre se veían manadas de palmas con sus pelambres al viento. Dolores era un ingenio cuya capacidad productiva lo emparentaba con la alcurnia de las mayores fábricas del país. Hasta un ferrocarril, movido por bueyes, trasladaba a la cercana costa el azúcar y, luego, por agua a Caibarién. Si la campana –usualmente colgada de un madero- representaba el papel de un cabo de vara frente al tiempo, rigiéndolo, hasta cuando el alarido de una sirena de vapor la reemplazó, el campanario acreditaba el rango de la plantación. Vista en lontananza, el transeúnte reconocía que la torre identificaba un bastión de superioridad económica. Cualquier ingenio, aseguran historiadores, era "una cosa muy importante", pero el que poseía un campanario, mostraba sobre el paisaje su relevancia.

De aquel período permanece, al menos en el dominio de la crónica azucarera, y en el espacio de la publicidad, del muestrario turístico, la torre de Iznaga, en Trinidad. Compone un signo de la opulencia de una época y de una clase. Dolores, sin embargo, ha perseverado preterida, condenada por la indiferencia a un silente deterioro. Quizás sea la única, después de la de Iznaga, en haber trascendido la ruina de sus días de esplendor. Y nadie se lo ha reconocido, a pesar de que desde la carretera de Caibarién a Yaguajay se le ve asomar retando la atención del viajero.

Menos alta que la de Iznaga, que se empina siete pisos, la torre de Dolores se edificó aproximadamente por los mismos años. Aquella en 1848. Y por ciertos anales ha podido precisarse

129

LUIS SEXTO

que el Dolores ya existía en 1854, porque, en ese
año, un incendio lo desmejoró hasta el punto que
José M. Vissinay, su fundador, lo vendió hacia
1860 a Juan González Abreu, capitán de volun-
tarios cuya fortuna le admitía costear los gastos
de su batallón de leales a España.

Tal vez la fanática militancia pro española de
su propietario, favoreció que los insurrectos ron-
daran el ingenio durante la guerra de los Diez
Años. Y el 20 de julio de 1869 lo asediaron y le
llevaron algunos efectos. Ese día, la casa de vivienda de Dolores, la defendieron unos señores
de apellidos Palacios y Valdés, asistidos por varios soldados, mientras el dueño huía hacia Remedios. Quizás de ese primer ataque haya sur-
gido la iniciativa de rodear el campanario con
una especie de muro aspillado, para defender
con más efectividad la vivienda. Como era común entonces, semejaba un palacete. Ventanas
y puertas de caoba tallada y torneada, y sus techos de dura y fina madera.

En 1894 los hornos soterrados del Dolores se
apagaron. Fue su última zafra. La guerra insi-
nuaba sus explosiones. El clima político presa-
giaba la irrupción de la pólvora. Y González
Abreu prometió que si los insurrectos vencían,
jamás su ingenio tragaría un trozo de caña más.
El Dolores continuaba figurando como una fábrica admirable. Una de las más codiciadas fin-
cas azucareras de la jurisdicción. Y sucedió
como su propietario anunció en un momento de
cólera política.

Pero el que sus máquinas reposaran y las chimeneas -tenía dos- enmudecieran el estandarte de la molienda, no impidió que los mambises insistieran en asaltarlo. El primero de enero de l897, lo atacaron, incluso con un cañón, las fuerzas de José González Planas, líder nato de la infantería villareña, como me lo definió Nicolás Rodríguez, el penúltimo mambí, a quien entrevisté en Caibarién un año antes de su deceso, a los l05 años.

La desidia ha sido implacable con Dolores. Los sucesivos propietarios permitieron que sus hierros se enmohecieran, hasta cuando un avezado traficante los adquirió en l934 y los vendió a Japón, que entonces buscaba metal para su industria bélica. Esa operación nos penetra la memoria con escenas conocidas, ¿Acaso no recordamos ya el cuento aquel de Onelio Jorge Cardoso, conmovedor en su entrañable profundidad paterna? El padre cuyo hijo había muerto por la violencia, echa a un pozo "el hierro viejo", la reja de un arado inservible, cuando un guardia viene a pedírselo para la producción de guerra.

Ya después, la casa, en un proceso de claudicación inconsciente, sirvió de oficina agrícola, de campamento temporero, de albergue provisorio. Desmantelada hasta en sus tejas...

Y el campanario, que reguló la existencia doblada del esclavo, atalaya desde donde la riqueza se regodeó con su alcance y oteó el paisaje temiendo la vecindad de la justicia, obra y testigo de la pena de unos hombres y del derroche

131

de otros, continuó erguido, desgastándose, perdiendo peldaño a peldaño la espiral de su esca-
lera, viendo ennegrecerse por el orín la balaus-
trada de sus balcones. Pero perdurando. Resis-
tiendo. Esperando ser alguna vez algo más que
habitáculo de murciélagos, o ruina donde pueda
respirar la fantasía del diablo.

CICLONES EN EL RECUERDO

Los ciclones se arremolinaban en mi niñez para espantar la pegadiza quietud de los días. La uniformidad y la pereza de mi pueblito instigaban perversamente contra la sensatez, cuando la posible irrupción del viento y la lluvia asumía los tambores de un circo eventual, las luces de una película nueva, o los titulares de algún boxeador famoso invitado a un banquete con fines de beneficencia.

Los muchachos, como en una ronda de alegría, gritábamos entonces ahí viene el ciclón, el ciclón, el ciclón, mientras los mayores observaban el tráfico desusado de las nubes, o se fijaban en la reacción de las bestias de monta o de leche para alcanzar alguna certeza.

Varios años después, lo que podía quedar en mí de pueril inconsciencia ante los pronósticos meteorológicos de extremo peligro se disolvió cuando, en la escuela, vi encartonarse la cara de un amigo en un garabato de seriedad al saber que un ciclón se enroscaba cerca de la Isla. Había perdido a toda su familia en aquel de 1932, cuando las aguas y el viento se convirtieron en una escoba trágica para Santa Cruz del Sur.

Ahora todos prevemos las consecuencias, incluso los niños. Somos un pueblo experto en bajas presiones, intensidad, rumbos, gradaciones

133

numéricas. Y cada año reciclamos los conocimientos, porque los ciclones tienen "su tiempo fijo", su temporada invariable en la noria del clima. Los primeros marinos europeos y los conquistadores que navegaron sobre la raya abierta por Colón, ignoraban, sin embargo, la cuna, las aspas y las truculencias de los huracanes, nombre que oyeron en el Caribe por primera vez, y que les heló las piernas en pleno calor con esa ventolera que descuaja ceibas, despenacha palmas, desmadra ríos, borra senderos y hermetiza bosques.

Los criollos, luego cubanos, aprendimos la paciencia de los ciclones primero que su ciencia. Y debía haber correspondido a uno de los de nuestra tez y habla, o a algún peninsular curado, el haber descuerado el esqueleto de esos organismos tropicales. Pero Benito Viñes, cura venido ya maduro de España, enjuto, reconcentrado, laborioso, fue el que despanzurró definitivamente los secretos de los huracanes y les colgó el cascabel. Afirman los estudiosos, y lo ha reafirmado mi amigo el meteorólogo Luis Enrique Ramos en un libro todavía reciente, que el jesuita Padre Viñes engendró la ciencia de la ciclonología tropical en los últimos 30 años del siglo XIX.

Realmente, hablo de ciclones como pasatiempo de domingo. Quien desee aprender sobre rutas, fintas y parámetros ciclónicos que se sintonice con el doctor Rubiera, la doctora Ballester y otros técnicos del clima y la meteorología, los Millás y padres Governa del pasado. Hoy me he acordado de los ciclones a pellizcos de la primera semana de la temporada. Ningún cubano por indiferente o estólido que elija ser, puede esquivar los campanazos de alerta. Algunos de nosotros, incluso, se aplica a los mapas, sobre todo si es periodista viejo –no viejo periodista-, porque en la primera escuela de periodismo que operó en la capital, hacia 1940, el manual de reportaje enseñaba cómo seguir y ubicar a un huracán en el mapa. Y alguno de esos colegas recordará, de paso, al menos de nombre, a Mariano Faquineto, fallecido en 1923. Fue un meteorólogo popular. Y sobre él escribió Argelio Santiesteban en *Juventud Rebelde* hace quizás un decenio. Mucho antes había escrito don Gerardo Castellano, en *Relicario histórico,* libro sobre la historia, la gente y las cosas de Guanabacoa, pueblo frontero con La Habana, pero renuente a dejarse opacar su fisonomía y su tradición.

Los milagros de Faquineto han de circular todavía entre los asombros de Guanabacoa. Fue un personaje de la villa. En particular durante la etapa de ciclones. Pobre, sin ambiciones, no le pidió más a la vida que saber de meteorología y matemáticas. Nunca aspiró al reconocimiento de la polémica, ni a los cencerros de la gloria. Y de vez en cuando escalaba la Loma de la Cruz. Allí, con los instrumentos de su ingenio, observaba el cielo, tiraba una diagonal, multiplicaba dos por dos, partía al medio la hipotenusa, echaba al fin sus cálculos y luego publicaba en periódicos de La Habana, como *La Lucha*, los pronósticos que a veces, en medio de un litigio de alta lucidez entre el Observatorio Nacional y el del colegio jesuita de Belén, introducían un enfoque, un dato, un juicio que corregía las pretensiones de los catedráticos.

Después, Faquineto seguía vendiendo caramelos, su oficio habitual, aunque dicen lenguas que no he podido identificar que, como contra o ñapa, daba el parte meteorológico deseándole a su cliente que no le ocurriera lo que a Faquineto más parecía molestarlo y por lo cual siempre le colgaba un paraguas del brazo: mojarse.

VANIDAD DE VANIDADES

Crucé por primera vez el arco de la portada del cementerio de Cristóbal Colón, empeñado en visitar a ciertos personajes que en vida me habrían exigido antesala o una llamada previa. Eran días vacantes. Y con 17 ó 18 años, recorría el camposanto más bien por convertir la cultura de los textos escolares en una experiencia sensitiva. Seguía quizás las carrileras de mi vocación por lo histórico, justificada hoy en la hilaza del periodismo cuya trama es el acta de nacimiento de la historia.

Una tarde me proponía localizar la tumba de Luisa Pérez de Zambrana, la elegiaca que sobrevivió a todos sus hijos. O la de Julián de Casal, el solitario poeta que entonces soportaba la doble soledad de un panteón que ni siquiera mostraba su nombre cargado de resonancias perdurables. En otro momento, enrumbaba mi búsqueda hacia Juan Gualberto Gómez, el delegado de Martí en Cuba para los preparativos de la guerra de independencia, o Eduardo Chibás, el fustigador de la corrupción, el adalid de la vergüenza a mediados del siglo XX, o el sepulcro de los estudiantes de medicina fusilados en 1871 víctimas del fanatismo colonial, o el de los bomberos mártires del altruismo cuando el 17 de mayo de 1890 se incendió la ferretería de Isasi,

137

en La Habana Vieja y unas cajas de dinamita almacenadas allí estallaron con 18 hombres dentro del establecimiento. A veces, espontáneamente, hallaba la tumba de aquel periodista polémico y famoso o la de este político execrable.

Aunque pudiera parecer macabro, me aficioné al cementerio. Y le fui oyendo, en su pizarra del mármol, lecciones de historia, sociología, ética. Porque es el ámbito de la igualdad sin miramientos. La democracia del silencio. Como si la necrópolis anticipara una ciudad armónica donde los enemigos de ayer convivan uno junto al otro, compartiendo la mesa infinita del tiempo. Sin estorbarse, ni envidiarse el sitio de honor. Lo único que no cambia allí es la vanidad. En el cementerio de Colón pervive en ciertas zonas la actitud de los que no renunciaron a despojarse de las ínfulas de la riqueza. La huesa de los ricos se ahoga bajo la arquitectura redundante de cámaras faraónicas, como en el pregón de piedra de una declaración de fuerza: "Yo sigo siendo el mismo: el que puede".

En contraste, las verdaderas jerarquías -la del espíritu y del intelecto- se refugian bajo la modestia, porque la inteligencia no suele aliarse con el orgullo o lo banal; sabe que sobre el tiempo solo están el arte y la virtud. El sepulcro de Luisa Pérez de Zambrana, una de las poetisas señeras de la literatura de la lengua castellana en el siglo XIX, se confunde casi con la miseria. Y Julián del Casal, uno de los fundadores del modernismo, el poeta elogiado por Martí, Rubén

Darío y Menéndez y Pelayo, no posee tumba propia; yace por caridad en el nicho de un amigo.

Pero la vanidad elige entre múltiples direcciones. Hacia arriba o hacia abajo. Adentro o afuera. Y en otros cementerios he topado con manifestaciones sorprendentes. En la Ermita del Potosí, en Guanabacoa –villa adyacente a La Habana con nombre aborigen- se aprecia un epitafio tan petulante como el rugido de un león enjaulado. El 16 de junio de 1717 murió el capitán de fragata de la Real Armada don Juan de Acosta. Presumiblemente pidió que lo enterraran en esa iglesuca, fingiendo tal vez un edificante acto de humillación. Solicitó, sobre todo, que sus despojos durmieran bajo el piso del atrio, al alcance de todas las pisadas.

Al mirar al suelo el cristiano devoto o el transeúnte ocasional notarían bajo sus pies la lápida de un gran señor, jefe que fue de la Maestranza "de este puerto" y "constructor de vaxeles", ingeniero naval, de su Majestad. Pero don Juan de Acosta, fiel a su ringorrango, a su posición de gerifalte, personero colonial, no asumiría, sin ponerle precio, el escarnio de tanta humildad. Y sobre la losa fulgura una cuarteta que cobraba a costo de terror el placer de pararse sobre la cabeza de un señor tan opulento y condecorado. Ante esos versos el visitante ingenuo debía de haberse persignado recitando un ¡solavaya!: "Pasagero que hoy me pisas,/ Párate a considerar/ Que has de venir a parar,/ En ser como Yo, cenizas."

139

Tinto en café

Por primera vez bebí café solo, sin leche, a los 20 años. Todavía investigo la causa del rechazo que desde la niñez me apartó del gusto unánime de mis compatriotas. Y es una suerte que el café no tiña. Si lo hiciera, los cubanos estaríamos tintos, retintos, por dentro. Alguien se atrevió a calcular los tanques que en 1960 se bebían en Cuba, y según publicó la revista *Bohemia*, la cuenta se voló la cerca de los cinco mil millones de tazas anuales. Unas tres diarias por persona, en una población que contaba la mitad de las bocas del presente: seis millones.

Quizás sea un récord, o tal vez solo un promedio pasable. Posiblemente hoy, a pesar de la cuota regida por una mínima norma, el per cápita sea mayor, en una hipérbole aditiva que nadie osa estimar, porque los caminos del café, a pesar de las restricciones productivas y distributivas, curvean, descienden, discurren en un itinerario tan subrepticio que no se le ve ni el olor. Lo que sí me parece exclusivo, único, insuperable, es la definición que del café compuso un cubano. En uno de sus textos sobre América Latina —cuyo título y fecha no recuerdo, ni me levantó a confirmar-, José Martí lo llamó "la mejor forma del oro". ¿La aceptará el *Guinness*? ¡Quién sabe! Sabemos, sin embargo, que los libros de historia ya aceptaron un dato fundamental en la relación de Cuba con el café: la fecha del encuentro.

José Antonio Gelabert era un gerifalte español cuyos dedos contaban las finanzas de la colonia. Un día de 1748, al regresar de un viaje a Santo Domingo, desembarcó consigo un cafeto, extendido por el Caribe gracias a un oficial francés de apellido Descliuex que lo trajo a Martinica desde los invernaderos reales en París. Gelabert la plantó en su finca del Wajay, a unos 20 kilómetros al sur de La Habana. Los primeros frutos los utilizó para fabricar un jarabe aguardentoso que, en lugar de emborrachar, se expendía en las boticas contra la embriaguez, la somnolencia y la jaqueca. Todavía el chocolate calentaba el gusto social de los cubanos. La hora del café como infusión básica, predominante, se colgará de los relojes criollos medio siglo más tarde, cuando Cuba ponga sobre la mesa del mundo, además del azúcar, el polvo negro.

El Wajay celebra y defiende su primacía cafetalera. Y con certeza. Ninguno de los biógrafos de la *Coffea arábiga* en Cuba, o los que han mencionado la planta y su primigenio asiento cubano, duda del papel traslaticio de Gelabert. Ni Calcagno en su diccionario, ni Pérez de la Riva en su monografía, ni otros autores, según comprobó Gonzalo Salas, experto en papelería espolvoreada por el tiempo, discrepan en los nombres y números primordiales de la crónica de cómo y cuándo llegó el café a nuestro archipiélago.

El Wajay recuperó en la década de 1980 las fiestas del café, para celebrar su prelatura caficultora. Allí sostienen que una casona antigua –

la vivienda del cafetal La Aurora- pervive, entre la ruina y la utilidad, como el despojo de la finca donde creció el primer cafeto. Esa es una creencia tradicional, popular. Me introduje en la biblioteca del pueblo, donde los apuntes inéditos de Gandarilla, historiador de la localidad, establecen que La Aurora no perteneció al introductor del café, ni esa casa se edificó en el siglo XVIII, sino en el XIX. En cambio, las tierras de Gelabert aparecen en el censo de 1767, atendidas por el mayoral Antonio Hernández y Petronila Ortiz, su mujer, y ubicadas al oeste del Wajay, en la porción que, de acuerdo con ciertas opiniones demasiado largas, perteneció más de cien años después al ex presidente Alfredo Zayas.

Estuve un día en el Wajay, y luego otra jornada en Santiago de las Vegas, y varias semanas la invertí en lecturas y consultas, para precisar estos detalles cafetaleros. La vida necesita de la contradicción. Es natural la paradoja. Porque, yo que tomé café por primera vez a los 20 años, he querido llegar al fondo, que es el inicio, del reinado de esa bebida cuyo volumen activo, ya sea en el negro, amargo y legítimo fluido, o en el ficticio *cafué*, el grosero *cafuá*, o el insultante *cafunga*, nadie podría evaluar hoy con exacta apreciación. Solo sé que lo bebo sin dominio de mi tendencia. Al concluir estas líneas, he ingerido casi una jarra. Ah, por si acaso alguien me invita, me gusta fuerte, aunque no severamente amargo.

UNA GOTA DE AMOR

Calzada de Tirry 81 merece el crédito de ser la dirección más célebre de Matanza. Es el título de un libro de poemas, y ello sería una razón suficiente para que ninguna carta languidezca en la bolsa de un cartero. Pero, además, en la casa tatuada con ese número en una de las calles más antiguas de la ciudad, vive Carilda Oliver Labra.

He escrito "vive", aunque cuando paso ante su fachada el portón y los ventanales están habitualmente cerrados y percibo un hálito de misterio, desolación, en las maderas y los herrajes coloniales. Son, sin embargo, apariencias. Allí, a pesar de que la arquitectura y los recuerdos mantienen en el aire los olores del pasado, sigue habitando la vida, la ilusión. "Estoy más viva que nunca", la oigo decir mientras convierte la noche en el espacio vital de su creación.

Una gran mujer de América, la chilena Gabriela Mistral, aseguró que Carilda es "profunda como los metales, dura como el altiplano" y "su poesía, de ser divulgada con justicia, ejercerá pronto ardiente magisterio en América". De profecía, el juicio se transformó hace años en hecho y verdad. El Premio Nacional de Literatura legitimó sus méritos. Y hace unos aós a ella se consagró la Feria del Libro de La Habana. Mas, ya con su primer volumen, *Al sur de mi garganta*, Carilda mereció en 1950 el premio nacional de poesía. En ese texto empieza a estar presente la meteórica fuerza que recorre, como una simbiosis de garra y ala, de pasión y ternura, su obra toda, y que ha convertido a la autora en una de las mujeres esenciales de la poesía iberoamericana. Ha escrito poesía de mujer; revelación inaudita de un temblor, un color, que supera los tabúes, los prejuicios, y se expresa en legítima alma interior, en feminidad real.

La obra de Carilda integra en una sola voz un Eros tumultuoso, dulces duendes familiares e imprecaciones políticas. Mezcla compactada de la vida y la literatura, la experiencia y los libros. Pero si hemos de filtrar y precisar tan disímiles ingredientes, las cuentas de la vida se imponen al resto de la fórmula. Ella, según afirma, ha vivido más de lo que ha leído. Y, por supuesto, ha escrito mucho más. Escribir es su modo habitual de asumir una existencia en la que han alternado la abogada, la profesora de dibujo, la animadora cultural. Y siempre en Matanzas, su ciudad mito, su lar totémico, del que nunca ha querido separarse, y cuya tierra −como símbolo del suelo patrio- la quiere toda sobre su tumba. Debemos creerle cuando asegura que nunca ha podido escribir un verso lejos de Matanzas.

Poéticamente, Carilda se empalma con la generación que en Cuba se llama de "los 50". Es decir, la tendencia literaria que comenzó a evidenciarse en esa década del siglo XX y se caracterizó por introducir en el poema las palabras y los

asuntos de la cotidianidad, en un desborda-
miento de lo conversacional. La antología básica
de los coloquialistas –publicada en 1984- abre su
muestrario con Carilda, no solo por ser la de más
edad, sino por que ella fue anticipadora del colo-
quialismo. En sus poemas, aun desde los primeros, la autora de *Desaparece el polvo* ubica frases, palabras, imágenes que contaminan el verso
del diario discurrir de la gente. Como en una
ruptura del lenguaje de la poesía que logra, en
sus manos expertas, enriquecer la expresión
poética. "Muy pobre sería el creador –me dijo un
día- que solo tuviese en uso un lindo ejército de
palabras."

Mencioné antes lo político. Y es fácilmente
comprensible. Nunca ha desdeñado lo íntimo, lo
personal. Pero en horas de dolor o catástrofe co-
lectivos, su verso se manifiesta beligerante-
mente. Cantó a Martí. Cantó a Fidel, cuando Fidel se hallaba todavía en la Sierra Maestra al
frente de su ejército guerrillero. Pero Carilda no
es solo una poetisa política. O erótica. O domés-
tica. O intimista. Es todo ello a la vez. La unidad
que junta las quejumbres, las dichas, los cata-
clismos, las pasiones, los insomnios, las frustraciones, el amor, en una ofrenda de amor a la
vida.

Carilda es la totalidad que nos acompaña y
desafía. Porque la vida, para esta mujer, "cabe
en una gota" de amor.

UNA POETISA, UN POEMA Y UN CAFETAL

La llevé hasta ahora como un fantasma a horcajadas sobre mi cuello, como a otras figuras llegadas a mí tras la sugerencia aneblinada del enigma. Paradójicamente echaba sobre mi cabeza las brumas y el frío del Norte batiendo su mano en el aire cálido y fresco del valle de Guamacaro. Se me encimó en una referencia imprecisa mientras leía un libro que en una de sus páginas mencionaba a un poema de atmósfera épica escrito en el cafetal de San Patricio, Limonar, en la jurisdicción de Matanzas, por una autora de lengua inglesa, conocida como María del Occidente.

En 2004 publiqué en *Juventud Rebelde* una crónica acerca de esa mi nueva obsesión de periodista interesado en los episodios más ocultos y en apariencias menos importantes de la historia. Tras contar sucintamente mi encuentro con una poetisa sin nombre en el libro *Notas sobre Cuba*, del médico norteamericano John G. Wurdemann, formulé un reclamo a la usanza del Viejo Oeste, cultura fílmica del niño que creció entre el galope y los estampidos de aquella cinematografía de vaqueros violentos fabricados según la truculenta estética de Hollywood. "Se busca una poetisa. Mil... gracias por su captura".

La poetisa María Gowen Brooks, apodada María del Occidente por el poeta británico Robert Southey, posiblemente no haya soldado el primer eslabón entre escritores de los Estados Unidos y Cuba; precisarlo justificaría registrar los anales de 1825 hacia atrás. Pero si no la primera, es un antecedente de los narradores y poetas que, en el siglo XX, se vincularon de alguna manera con el archipiélago cubano. Y el nombre de Ernest Hemingway flota en la superficie de nuestras referencias evocando su casa principal sobre una colina, en San Francisco de Paula. Y Truman Capote, el autor de *A Sangre fría* -según Lisandro Otero- tuvo un padrastro cubano y muchos creen que nació en Matanzas. Y Stephen Crane se suicidó saltando de un barco en aguas cubanas, y Arthur Miller, William Styron y William Kennedy visitaron alguna vez a Cuba. Hart Crane, uno de los poetas innovadores de la poesía estadounidense, murió en 1932 del paludismo contraído en Cuba, y escribió un poema titulado *Cantera insular*, varios de cuyos versos dicen, traducidos por Omar Pérez: "Es a veces- al anochecer, como si esta isla alzada, flotara en baños indios. En el anochecer cubano los ojos/ andando el camino recto hacia el trueno..."

El doctor Wurdemann, que visitó a Cuba tres veces entre 1841 y 1843, recorrió la zona cafetalera de Limonar. De improviso, vestido ligeramente, acariciado por un viento fresco, recuerda bajo una yagruma a su país natal donde sus compatriotas intentan protegerse del invierno.

147

Y admite que "es quizás esta inesperada vida estival la que le da tanto interés al paisaje de Cuba, y que, combinada con el benigno clima, extiende un aire de paz sobre todo el país." Al pasar por San Patricio escribe: "Junto a uno de los paseos arbolados (...) se alzaba una pequeña construcción de piedras, enyesada con cuidado, con unos peldaños delante de su entrada; pero no tenía techo y crecían arbustos en su piso y en su pórtico, mientras que las puertas y las ventanas hacía tiempo que le habían sido quitadas (...) Pero desierto y ruinoso como estaba (...) aún parecía, por los recuerdos que evocaba, un oasis en el desierto". La edificación había sido el estudio donde María del Occidente empezó a componer *Zophiel, o la novia de los siete*, "el más imaginativo de los poemas en ingles" de acuerdo con Wurdemann.

A partir de esos datos, inicié la búsqueda preguntándome cómo se llamó María del Occidente, cuál fue su origen, cómo su poema. La señora Brooks comenzó a escribir hacia 1823 las primeras estrofas de su largo poema basado en el episodio bíblico de Sara, cuando residía en el cafetal de San Patricio, propiedad de su hermano, adonde llegó después de enviudar de un esposo treinta años mayor. La poetisa se había casado con tanta desventaja en la edad tras fallecer su padre en la ruina económica, y que por ello la había prometido al comerciante John Brooks. Durante un tiempo la pareja vivió prósperamente y luego descendieron en su modo de vida a causa de reveses financieros. Abigail -así también se nombraba- como recitando un conjuro contra la pobreza, empezó a escribir poemas cuya afición su padre le había trasmitido desde la infancia. A los 19 años escribió su primer poema épico, que no publicó.

Zophiël, "ángel de alas rápidas" -"espía de Dios", según afirman, lo llamó Milton -, recibió el punto final en 1829. Pero el primer canto fue concluido el 30 de marzo de 1825, de acuerdos con la fecha del prólogo donde la autora explica sus propósitos. He logrado traducir imperfectamente este párrafo: "Deseando hacer un esfuerzo continuo en un arte que, aunque casi en secreto, se ha adorado y asiduamente cultivado desde la más tempana infancia, era mi intención haber escogido algún incidente pagano de la historia. Pero, examinando los anales judíos, me decidí por seleccionar para mi propósito, una de sus historias más conocidas que, además de su belleza extrema, parecía abrir un camino para la imaginación que podría ser útil no solo en las verdades importantes y elevadas, sino agrandando las creencias populares."

El primer canto está compuesto por sesenta y seis partes. La parte primera se extiende en cuatro estrofas de cuatro versos hasta la segunda parte:

"El tiempo ha venido –dicen los textos sagrados-- / para el castigo de los mortales que han nacido, / cuando las ánimas se destierran de los reinos del día / vagando malignas sobre la tierra

149

anochecida. / Y desde los fríos y marmóreos labios declararon / sobre cierto ciego y adorado dios de tierra creado / sus profundas falacias, ésas que los confiados enlazan. / Que se llene el aire de lamentaciones, triangulando el césped. / Aún los ángeles se están despojando de sus vestiduras en radiante bivalencia. / Y, mientras, los placeres del cielo se demoran. / Muy al tanto, benignos de cierto lado humano. / O que se encuentre el amor de cierta altamente agraciada doncella. / ¡Benditos fueron aquellos días! / Nada tienen que ver con esta chata época. / Encadenado en sus ensombrecedoras profundidades el huésped infernal. / ¿Quién no arrostraría a un demonio para compartir la sonrisa de un ángel?" [1]

María Gowen Brooks, nacida en Medford, Massachussets, presumiblemente en 1794, con el nombre paterno de Abigail Gowen, mereció que Southey la reconociera como "la más apasionada

---

[1] "The time has been--this holiest records say--/ In punishment for crimes of mortal birth,/ When spirits banished from the realms of day/ Wandered malignant o'er the nighted earth.

"And from the cold and marble lips declared,/Of some blind-worshipped--earth-created god,/ Their deep deceits; which trusting monarchs snared/ Filling the air with moans, with gore the sod.

"Yet angels doffed their robes in radiance dyed, / And for a while the joys of heaven delayed, /To watch benign by some just mortal's side--/Or meet th' aspiring love of some high gifted maid.

"Blest were those days!--can these dull ages boast/Aught to compare? tho' now no more beguile-/ Chain'd in their darkling depths th' infernal host--/Who would not brave a fiend to share an angel's smile?"

e imaginativa de las poetisas" y que Edgar Allan Poe la elogiara y mencionara en algunos de sus artículos. Al ser conocida literariamente se cambió el nombre por el de María Abigail, que quedó más tarde en María. Murió en 1845, víctima de "fiebres tropicales" luego de regresar a Cuba en 1843, según establece su ficha biobibliográfica, aunque no precisa si el deceso ocurrió en la isla o en los Estados Unidos. Hoy pocos la recuerdan...

Algo más de la obra de la señora .Brooks se relaciona con los años que la poetisa vivió en Cuba. Al parecer el clima y el paisaje la conmovieron e influyeron en el desarrollo de su sensibilidad, pues también escribió un *Adiós a Cuba* y un volumen autobiográfico titulado *El valle del Yumurí*, paraje típico de la geografía de la actual provincia de Matanzas. "Farewel to Cuba" presenta estrofas como estas:

"Adiós [francés en el original] isla bonancible. / Amo tus moradas recogidas. / Amo a tus hijas ojioscuras / en cuyo pelo de azabache más brillan las frías flores escarlatas de la granada. / Cuando se hinchan los blancos botones del café, / la luna llena, el anochecer que se prolonga. / Y la canción descarriada del campesino por el sol tostado". Traducción: Argelio Santiesteban.[2]

---

[2] "ADIEU, fair isle! I love thy bowers / I love thy dark-eyed daughters there; / The cool pomegranate's scarlet flowers / Look brighter in their jetty hair.

Un crítico, compatriota de la autora, dudaba de que *Zöphiel* hubiera podido escribirse en una plantación cubana. Y Wurdemann, afiebrado ante lo que estimaba una injusticia, alegó en sus *Notas sobre Cuba* que nunca pudieron tener mejor cuna las imágenes ideadas por la poetisa. "Una hacienda cafetalera es, en verdad, un edén perfecto, superior en belleza a todo lo que el frío clima de Inglaterra puede producir."

Ya nada queda de de San Patricio. La habitación donde María Gowen Brooks escribió el primer canto de su largo poema pasó de las ruinas al polvo, como casi todos los cafetales cubanos a partir de los años 40 en el siglo XIX. Del poema permanece el nombre, *Zophiël,* y la curiosidad de un periodista que lo desempolva, huele la vejez del tiempo, y sigue andando[3].

When the white coffee-blossoms swell, / The fair moon full, the evening long / I love to hear the warbling bell, / And sunburnt peasant's wayward song."

[3] La traducción al español de los poemas pertenece al escritor Argelio Santiesteban.

AHÍ NO, MAESTRO

Cuando en el último acto violento, Ernest Hemingway puso su escopeta de caza bajo el mentón el 2 de julio de 1961, ese día yo cumplía 16 años. Conservo, pues, un engarce astrológico u horoscópico, con el autor de *Adiós a las armas*. Después de leerlo con frecuencia devota, y tras una reciente visita a su casona de Cayo Hueso, he preguntado si las llanuras africanas fueron, según una mirada un tanto discutible, las preferencias geográficas de Hemingway para sentirse el hombre crudo que invocaba la felicidad en la violencia instintiva del macho, como el brevemente feliz Francis Macomber.

Las guerras quizás también sean parte de ese escenario de disparos y alaridos, pero respetemos la solidaria presencia bélica de Hemingway como corresponsal o como combatiente. Luego, haciendo girar los ojos, dudemos ante un contraste extremo: compartía aquellos parajes con largas estancias en islas o islotes. La diferencia es casi escandalosa. Las islas suelen ser sitios arremansados, pacíficos, y salvo desajustes sociales, la paz, la brisa, la luz son datos de una realidad habitualmente custodiada por una especie de ámbito edénico. Tal vez, las islas sean fragmentos del paraíso terrenal despedazado por los errores humanos.

153

En Cuba y Key West -el Cayo Hueso de la pronunciación cubana- Hemingway residió en casas con algún parecido ambiental. A Finca Vigía la conozco desde 1966, y al recorrerla sentí, según anoté en una libreta juvenil todavía sana, la presencia del "gran épico contemporáneo en los seis mil volúmenes de la biblioteca, en los trofeos de caza y en las notas de su mano". Fue su residencia predilecta. La alquiló en 1938 cuando se mudó de Cayo Hueso a Cuba, y dos años después la compró con el dinero de *Por quien doblan las campanas*, según puede colegirse de su confesión epistolar a Karl Wilson.

Andando por sus habitaciones en el Cayo, noté las semejanzas, y también me expliqué alguna de las razones por las cuales prefirió a Finca Vigía, cuando no rodaba por las planicies africanas empujando hacia lo más alto la leyenda de hombre duro y aventurero. Las dos plantas de la casona floridana, ceñidas por terrazas abajo y arriba, y envueltas por árboles y jardines, que abonaban las excretas de numerosos gatos, posan como un paraíso en miniatura y coquetean como espacio deseable para cualquier escritor, si cualquier escritor pudiera aspirar a una edificación gemela a la de Hemingway.

Fueron pocas mis horas en Key West. Suficientes, sin embargo, para percibir la pequeñez en calles con atmósfera de baúl. Gracias a la inmigración cubana en el siglo XIX, el Cayo cuenta una historia mayor que su suelo, casi mensurable a pie descalzo. Y quizás Hemingway, solitario, dipsómano, grosero a veces, y paradójicamente tierno y generoso, se trasladó a La Habana para sentirse menos oprimido por las escuetas fronteras del islote, unido a la península por una carretera sobre las aguas de azul tajante del Caribe.

Hoy, además de la casa y de las fotos en el todavía ruidoso, humeante y casi inflamable *Sloppy Joe's*, queda allí de Hemingway la curiosidad de ciertos turistas. Y una tarja que posiblemente muchos no hayan visto, pero que este transeúnte fervoroso descubrió. Una cuadra más arriba del viejo hogar del novelista en *Whitehead street*, puesto sobre el muro frontero del jardín de una vivienda modesta, junto a la acera, se asoma un recordatorio de uno de esos actos con que Hemingway reforzaba su ríspida virilidad.

Pude apenas copiar el texto, por lo minúsculo y recoleto del soporte. Y permanece, me parece, para gloria de la familia cuyo jardín mereció tan espumoso y ácido homenaje una noche en que el escritor regresaba del bar y supuso estar bajo la copa de un boabab africano: "Ernest Hemingway pissed here". Como decir, aquí meó el Maestro.

155

La boca abierta

La noche antes, entró de improviso en la habitación y me dijo: Tendremos que levantarnos
temprano: acabo de conseguir por Internet una
oferta en el tren rápido: con el precio de uno,
viajaremos los dos.... Mi hijo me regalaba el mejor acto de amor: el inesperado. Aunque sea un
día, viejo, estarás en Roma.

Cuando llegamos a Roma Termini, tras haber
recorrido unos 700 kilómetros, desde Milán, en
poco más de tres horas, bajamos a los soterrados
del metro, cuya velocidad, también en un santia-
mén, nos llevó a la vía de la Conciliación, ancha
y colmada de peregrinos: al fondo la cúpula de
San Pedro cuyos 43 metros de ancho nadie podrá
estimar desde lejos. Llegamos jadeantes, allí
donde comenzaba la plaza, circuida por la co-
lumnata de Bernini. Nos sumamos a la cola para
entrar en la basílica. Entretanto, miré hacia la
derecha donde se situaban sin fastuosidad apo-
sentos y oficinas papales. Intenté ver una figura
conocida asomada a una de las ventanas. ¿A
quién, si yo sabía que Benedicto XVI se hallaba
este verano en Castelgandolfo?

La mirada iba hacia atrás, más allá de ese instante y de cuantos lo habían precedido en lo inmediato. Quería reconstruir el momento cuando
en el primero o segundo año de su pontificado,

Juan XXIII, mientras conversaba una mañana con varios de sus colaboradores, se levantó, caminó hasta una de las ventanas del despacho papal, la abrió y ante el perfil de San Pedro y la ciudad que se difuminaba entre neblinas, dijo que la Iglesia necesitaba abrirse para que penetrara aire fresco: había decidido convocar un concilio ecuménico. Y un abanicazo del vientecillo que venía del castillo de Sant'Angelo, causó un escalofrío en los señores de rojo que oyeron aquella frase con cierta suspicacia, dudando si Roncalli chochaba o amenazaba la estabilidad de la Iglesia de Cristo.

Imaginé al Papa campesino y bonachón, renuente a estar solo en el Vaticano como un anacoreta o un condenado. Y la anécdota, más bien metáfora subversiva, la conservaba desde mis años de seminarista, por aquellos días en que el adolescente oía, preparándose para dormir junto con unos 40 condiscípulos, la biografía de Angelo Giussepe Roncalli, hasta entonces Patriarca de Venecia y ahora, en aquel tiempo ya deshojado, recién electo papa con el nombre de Juan.

Entramos en San Pedro. Y me parece que no puedo describirla. ¿Describir lo que tanto se ha descrito y fotografiado y reproducido? Y si esa razón no bastara, he aprendido que el peregrino que anda movido por la fe no lo acompañará la facultad del pintor. No le pida a quien acude a sitios entrevistos en las visiones ensoñadoras de sus creencias que los describa. ¿Podría un sediento degustar, saborear morosamente el agua

157

que le sacia la sed acumulada durante días? Tampoco tendrá sosiego, ni concentración para recordar detalles, puntear espacios, quien haya deseado, entre ser o no ser, atravesar una puerta, conquistar una confianza, estar donde nunca creyó que podría estar. Y ello le ocurre también a este periodista que ha vivido los últimos 40 años describiendo cuanto ha visto en su andar para ver y contar. No me pidan, por tanto, que describa la basílica de San Pedro, que me entretenga en pormenorizar imágenes, columnas, detalles. Más bien, estuve allí obnubilado, viendo sin ver, agradeciendo con los ojos interiores la oportunidad de estar allí, en aquel anchísimo y alto templo donde el arte y la historia formaban un consorcio para producir una visión única.

El peregrino solo puede esbozar un sentimiento. Es el más cercano y posible: la certeza de no volver. No estar tal vez nunca más dentro de la imagen que la Televisión o el cine, o Internet te ofrecen como una invitación. Ya no soy el seminarista adolescente que creía disponer del futuro para, incluso, estudiar en la Universidad Gregoriana. Entonces parecía que todas las aspiraciones conducían a la ciudad de las siete colinas. Aunque los días, al juntarse, se obstinan en dictar rumbos que parezcan invisibles o inasibles

Durante tres horas anduvimos de un lado a otro. La Pietá de Miguel Ángel, aun protegida por un cristal inviolable para balas o ladrones, nos detuvo en el éxtasis del arte del Renacimiento. La basílica de San Pedro, más que concierto de fervor, tenía el movimiento de un museo donde los flashes son permitidos, y también los comentarios y las exclamaciones de asombro. Y el silencio. Como el mío. Un silencio que abría la boca para tragar todo cuanto era preciso ver en tan escasas horas, y congelarlos en el calor que pervive sobre la cuerda floja de un suceso casi milagroso.

San Pedro no contará físicamente los 20 siglos del cristianismo. Apenas en 1506 comenzaron sus piedras y líneas a combinarse. Sin embargo, allí, entre la penumbra de sus naves y salas y en el subsuelo yacen las crónicas y los cimientos del cristianismo y sus mártires. Cuando los cristianos proliferaban por la Roma del imperio, las costumbres, la vida y la muerte empezaron a adquirir otros valores. Ni el humanismo griego ni latino pudieron igualar entre filosofías y versos la doctrina de amar incluso al enemigo, de perdonar a quien te desuella o te quema.

Después, el mediodía de Roma nos llamó a andar por la ciudad. Vimos en tan breve plazo, lo que todos ven: los restos del Foro, y el coliseo donde sobraron en una época los gritos y faltó la compasión que el cristianismo estrenó mientras moría entre dentelladas... La calles. La Fontana de Trevis, la esquina de las cuatro fuentes, viaje turístico andando aprisa. La tarja de aquel poeta cuyo nombre no retuve, ni anoté; la plaza de España, la loma de la Trinidad del Monte, el Tíber, que se agiganta en papeles y libros, y allí parece un río menor...

A las siete, ya sobre el *rápido*, de regreso mirando la campiña que volaba como un chasquido, iba pensando en las experiencias del día más breve de mi existencia. Y recuerdo tanta iglesia enjoyada, escoltada de estatuas perfectas, atronada por órganos gigantescos. Y me estimo dichoso por haber visto parte del norte de Italia en un mes, y en un día tocar con mis dedos el rostro impertérrito de Roma y la majestad del Vaticano y su basílica maestra. Lo he de decir limpiamente: mi fe aprendida desde niño se extasió ante el fulgor del arte, la facultad humana para ascender mediante las formas plásticas o las letras, pero quise sentir allí a Dios. Y me di cuenta de que no había espacio para Él, aunque todo pretendiera ser suyo. Lo hallé, en cambio, en mi silencio, en mi boca abierta por donde entró la historia como un fuego que limpia y te inquieta, y hoy lo renuevas al girar y topar nuevamente con el mismo sueño sin haber saciado el anterior.

LA TORRE Y EL RELOJ

El reloj es la estampa que más recurre a mi evocación de aquel viaje a Cremona. Fue esta vez la hinchazón de mi sensibilidad, el botón que cerró la trampa del placer ocasional. Y mientras escribo he temido que las palabras se escabulleran, porque mi saber no sabe cómo impedir que las alas de cera de mis palabras pisen el vacío y no intuyan que todo les falta. Me he preguntado qué significan los relojes, además de medir las horas y anunciarlas a veces con una campana cuyo sonido bronco o agudo llega como en lóbregas ondas. Y cómo no sentirlo así, si esa campana dobla por nosotros, que pasamos.

Los relojes, como los libros, me dominan. Quizás por esa sumisión a los cronómetros sea yo tan puntual; y también capaz de salir a la calle, con el pulóver al revés, pero sin reloj, no. Porque me parece no sentir el brazo izquierdo, ni orientarme bajo la luz o la noche. Me atrajeron no sé desde cuándo, aunque solo a los 41 años pude comprar uno con partida de nobleza que justificara el hábito de andar mirándolo con la frecuencia como en un tic o tac, propio de confesiones psiquiátricas. Y desde cuando los empecé a usar feos y baratos, parece que me gustaba alzar, con cierta inconsciencia, mi brazo izquierdo para echarle un vistazo al de turno. Una novia

161

de mis audacias juveniles me reveló el hábito al preguntar si yo miraba tanto la hora porque ella provocaba mi impaciencia.

Antes de llegar me habían anunciado que en Cremona encontraría a Stradivarius en los cotizados violines que hoy duermen en un museo al temblor de cuerdas como quejidos de ángeles, sin que hasta hoy se haya averiguado quién hechizó las manos del lutier para apresar el sonido del cielo en una caja de curvas femeninas.

No me advirtieron, en cambio, de la existencia, de un campanario gótico, levantado a finales de siglo XIII y que clasifican como el mayor de Europa, en cuya cima un reloj astronómico del 1500 –después veré otros parecidos en ciudades diversas- recorre las horas con una numeración del uno al veinticuatro. Y en el medio de la esfera, los signos del zodiaco invitan a las cabezas pensativas a complicar el misterio del tiempo y el destino humano.

Situada junto a la Catedral -de fachada tan ruda que casi aplasta a quien la mira de frente-, desde la aguja de la alta torre, o *torrazzo*, como la llaman los italianos, el ámbito antiguo de esta ciudad de Lombardía justificaba haber subido 112 metros en 502 escalones. Abajo, entre casas de dos y tres plantas y tejados de dos y cuatro agua, y callejas estrechas, cerca de 70 mil habitantes se movían con un sigilo remoto, en un ámbito de color ocre, solemne, mural antiguo en un nimbo de silencio, que invitaba a interiorizar la existencia y que acompañó a Stradivarius mientras en el XVII encuadernaba sus violines con una técnica sin herederos.

A la redonda, después de la periferia moderna, se mecían los campos verdes del verano, entre una luz clara y suave, y al fondo, tras la neblina, los Pre Alpes, cuya prefiguración inimaginable llenó los huecos visuales con los que aprendimos, de niños, la geografía del mundo situado al otro lado del Caribe.

Quizás el reloj del *Torrazzo* de Cremona, enorme y enigmático para mi mirada suspicaz, recurra a la memoria del viajero con tanta pertinacia, porque sugiere la idea de no darle ninguna esperanza al hombre. Desde lo alto, el tiempo nos tutela como verdugo: gira las 24 horas sin dividir la esfera en dos vueltas concéntricas, que parecen trazar la oportunidad de creer que el día rinde más partiéndolo en un antes y un después de las doce...

Dulce María, entonces olvidada

Me recibió en el portal donde la había esperado unos minutos observando los patios, las estatuas, la sombra de aquella casona en El Vedado, que trasuntaba quietud, desasimiento, soledad. Encorvada, como reducida en su estatura por la edad, pero cuidadosamente peinada, el rostro espolvoreado; fina, lúcida. Admito que desaproveché aquella cita para entrevistarla. Y permanecí casi en contemplativo silencio ante aquel tótem de recoleta profundidad, de tristeza enraizada.

Me acerqué a Dulce María Loynaz cuando la poetisa pensaba estar consumiendo sus últimos días, como aquella casa de su niñez que albañiles sin rostro demolieron y que ella reconstruyó en un poema donde techos y paredes se quejaban por estar perdiendo lo vivido y lamentaban cuanto no habrían de vivir. Ya no escribía versos; más bien los releía convirtiéndolos en la médula de su fe en el pasado, o en el acta de la añoranza.

Transcurría la tarde del 9 de octubre de 1981. Y fue esa la única ocasión en la que vi y hablé con la poetisa. Ella habitaba entonces en una especie de voluntario retiro interior, y a la vez estaba negligentemente apartada de los medios culturales. Más adelante, de vuelta a la fama sonora y la publicidad machacona, asediada por la admiración y también por el cálculo, mi presencia quizás hubiera estorbado. Y permanecí distante, releyendo, degustando, la anchurosa resignación de sus *Poemas sin nombre*.

Tuve un pretexto para justificar mi visita ante una posible resistencia a las pretensiones de un periodista: devolverle dos cartas que me había dejado como herencia literaria *Chon* Tejera, la hija mayor de Diego Vicente, el cantor de *La hamaca*. Son dos tarjetas de cartón, de 13 por ocho centímetros que a pesar de su brevedad favorecen franquear la cancela íntima de la autora de *Los últimos días de una casa.*

Me marché conmovido. Y aún en el alma la voz lenta, como meditada, de la poetisa, escribí una urgente impresión que supuse sería en el futuro la introducción de un artículo sobre Dulce María y su obra, que fui aplazando. El poeta –escribía yo entonces- siempre **es**. Dulce María Loynaz regresa de una vida larga por el mismo camino de la poesía. Por muchos que sean los años que la separan de sus últimos versos, vuelve a ellos conducida por una vocación que se resiste al desencanto. La conocí encerrada en sí misma. Pero las fronteras de su yo son tan vastas como las del agua, y de vez en cuando se escapa a navegar tejiendo una poesía invisible en los círculos cortantes del recuerdo. Ya no escribe versos; los vive.

Desde 1938 los poemas de Dulce María Loynaz andan en el tacto de los lectores. Ese es el año de su primer libro –titulado *Versos*-, que contiene piezas escritas desde 1920 cuando la autora decursaba por esa etapa que nos da la impresión de ser eterna: los 18 años. Lo releí. Luego repasé *Juegos de agua*, y *Poemas sin nombre*, y *Carta de amor a Tut-Ank-Amen*, y *Últimos días de una casa*. Y he vuelto a encontrar los oscuros ojos de tormenta donde se agita la violencia sofrenada, en una sensibilidad marcada al hierro por una condición humana que admite el exabrupto y la ternura, la desilusión y la quimera, el tumulto y la soledad. "Has perdido –jugando- el resplandor/ de una estrella: ¡Has perdido hasta una estrella!/ Y hasta una estrella he de encontrarte yo.../ Tanto puedo por ti, tanto... Voy a seguir la huella/ sobre el mar de una estrella/ que se perdió..."

Los poemas de Dulce María Loynaz trascienden la justificación de un momento. Y por ello no concibo que algún crítico de lupa y cátedra la engavete en una escuela o tendencia literaria. Es cierto que saltan líneas con acentos de Darío en, por ejemplo, las estrofas dedicadas a Cheché (muchacha que hace flores artificiales): Cheché "es delgada y ágil, Va entrada en el otoño. / Tiene los ojos mansos y la boca sin besos.../ Yo la he conocido en la paz de una tarde/ como el Hada –ya mustia- de un libro de cuentos."

Pero aparte de confluencias momentáneas, su poesía está escrita para ayer y hoy. Poesía límpida que se sumerge en el agua –quizás el vocablo más utilizado por la poetisa-, buscando simbólicamente la limpieza, la clarividencia, un permanente estado de gracia mediante el líquido primordial del bautismo. Poesía exenta de las escandalosas metáforas vanguardista y desvinculada de la hermética imaginería de algunos que, con ímpetu de renovadores, sucedieron a la vanguardia poética. Si Ortega y Gasset tuviese razón en su aserto de que la poesía se despoja de naturalidad para erigirse en voluntad de amaneramiento, Dulce María Loynaz tuerce sus gestos con una delicadeza, con una clásica transparencia que hechiza al gusto y lo transforma en una heredad visible para el pasado y el presente. Porque cuando la poesía no es pirueta del cerebro, sino vitalidad del pecho, la voz alcanza a devorarse a sí misma y resurgir nueva en el futuro. La sinceridad y el calor de vivir son la sustancia de la resurrección frecuente de esa poesía que, concebida en un momento, renace entre cenizas. La que estalla en la pirotecnia fantasmagórica de lo imitativo o libresco, se trasmuta en humo y podrá merecer el aplauso del instante, tal vez jamás el de la posteridad.

¿No posee el olor y la textura del pan fresco *La carta de amor a Tut –Ank- Amen*? ¿Acaso ante el sarcófago del rey adolescente, cualquier muchacha sensitiva de hoy, no escribiría con las mismas palabras este "delirio juvenil" que le disputa un novio a la inmovilidad de los siglos y la muerte? "Déjame decirte estas locuras que acaso nunca te dijo nadie, déjame decírtelas en esta soledad de mi cuarto de hotel, en esta frialdad de las paredes compartidas con extraños, más frías que las paredes de la tumba que no

167

quisiste compartir con nadie."

Esta "carta" fue escrita en prosa; integró un diario de viaje en 1929. Y en la prosa poemática, cuando el verso se desprende de la euritmia del maquillaje métrico y de la música exterior de la rima consonante, es donde Dulce María Loynaz logra una hondura agónica. No me refiero a su prosa novelística, en la cual ejerce también la poetisa; es la prosa -¿prosa?- en que cuajan las ideas poéticas con calidad y libertad irrepetibles.

Me regaló sus libros de poesía, menos uno: *Poemas sin nombre*, que yo poseía porque también *Chon* Tejera me lo había legado, y que llevé esa tarde para que me lo autografiara. Escribió: "A Luis Sexto, que quiso conocer a la poetisa olvidada. ¿La recordará él algún día?" Pretendí decirle que ese título componía su poemario perdurable; inmunizado contra modas y épocas, libro en que se marca su voluntad de estilo, sufriente puja: "Esta palabra mía sufre de que la escriban, de que le ciñan cuerpo y servidumbre. He de luchar con ella siempre, como Jacob con su arcángel; y algunas veces la doblego, pero otras muchas es ella quien me derriba de un alazo". Que en esas páginas —intenté decirle- pervivía ella doblada sobre los recuerdos "como la mujer que vi esta tarde lavando en el río". Y en las que uno develaba, con inéditos matices en cada relectura, las líneas de su poesía: lo religioso, lo bíblico, lo epigramático, lo erótico, lo femenino. Lo humano sin pose, ni técnica. El olvido borrando

el olvido desde el olvido, como el alba a las estrellas... Nada, en fin, pude decirle. El elogio y la
admiración también exigen sus pudores.

Había tomado las cartas que hacía tantos años
había escrito. Las retuvo. Y luego me las devolvió como entregándome un pasado enmudecido
para ella.

-A usted le serán más útiles.

Me preguntó si poseía *Jardín*. Y en ese momento debí continuar callado, o responder con el
sí o el no de los que se protegen de cualquier in-
tromisión del disparate. Porque, sin meditar, le
respondí:

-¿Jardín? No tengo; vivo en altos.

Editorial Letra Viva©

2013

Postal Office Box 14-0253
Coral Gables, FL 33114-0253

www.ingramcontent.com/pod-product-compliance
Lightning Source LLC
Chambersburg PA
CBHW071250130626

46556CB00003B/1250